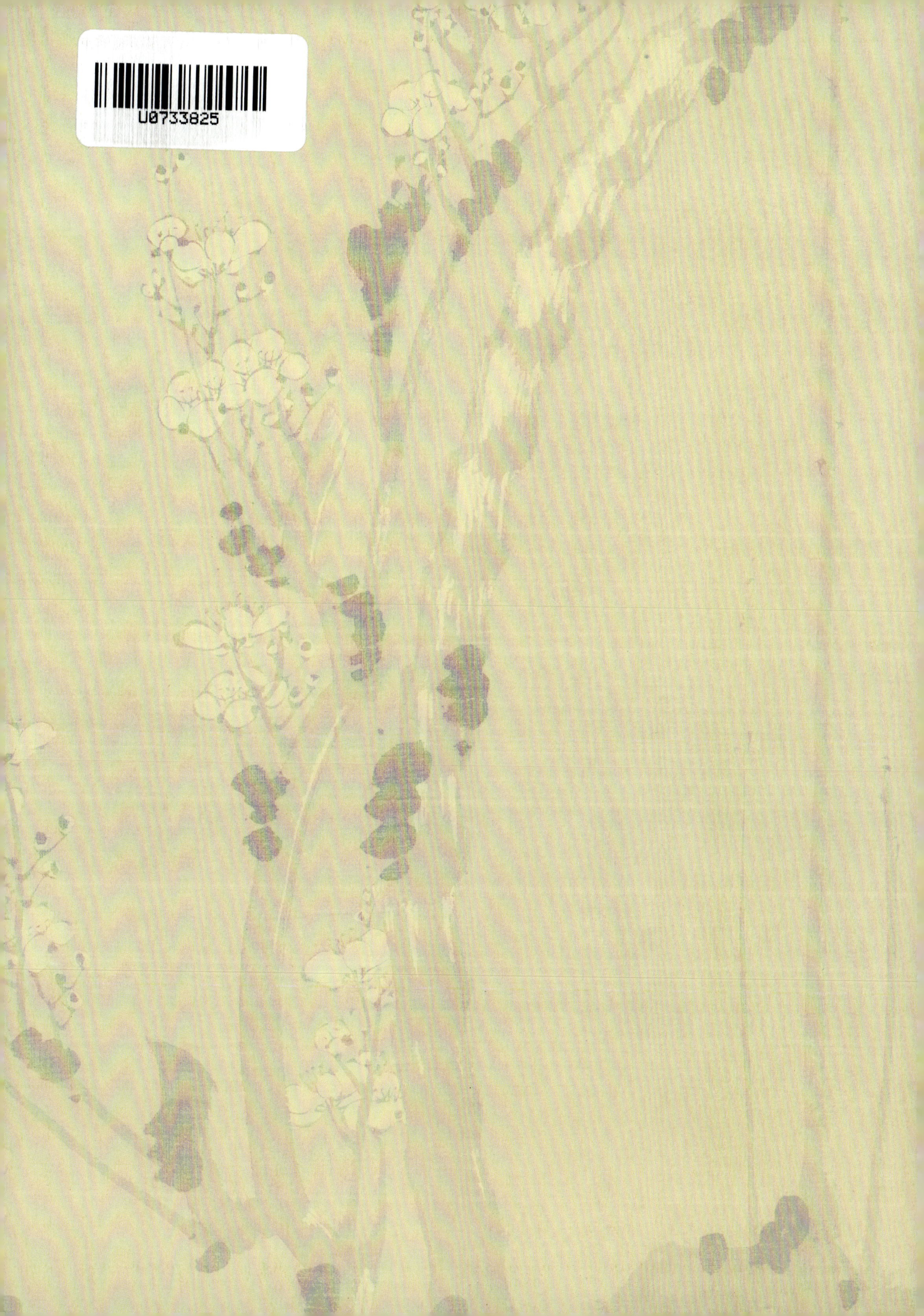

石堂先生遺集

（宋）陳普 著

明萬曆三年刊

1

鳳凰出版社

圖書在版編目（ＣＩＰ）數據

石堂先生遺集 / (宋) 陳普著. -- 南京 : 鳳凰出版社, 2019.4
ISBN 978-7-5506-2822-9

Ⅰ. ①石… Ⅱ. ①陳… Ⅲ. ①中國文學－古典文學－作品綜合集－南宋 Ⅳ. ①I214.422

中國版本圖書館CIP數據核字(2018)第210755號

石堂先生遺集

著　　者　(宋)陳　普
責任編輯　崔廣洲
出版發行　鳳凰出版社(原江蘇古籍出版社)
　　　　　發行部電話 025—83223462
出版社地址　南京市中央路 165 號，郵編：210009
出版社網址　http://www.fhcbs.com
印刷裝訂　三河友邦彩色印裝有限公司
　　　　　三河市高樓鎮喬官屯村
開　　本　十六開
出版日期　二〇一九年四月第一版
　　　　　二〇一九年四月第一次印刷
書　　號　ISBN 978-7-5506-2822-9
定　　價　貳仟陸佰肆拾圓整(全三册)

出版説明

人是一種會思想的動物，無論是要適應環境，克服生存的困難，抑或爲了生活得更有意義，思想皆不可或缺。在一般的中文習慣中，思想的涵義比『哲學』更寬泛，這種語用習慣的差異，也影響到學者對學術視野的選擇。一般而論，思想史的範圍也較哲學史爲廣闊，雖然很少得到清晰地界定，但它不失爲一種有效的學術視野。

在近代中國學術史上，思想史研究的興起與哲學史大約同時。一九〇二年三月，梁任公在其創辦的《新民叢報》連續發表了《論中國學術思想變遷之大勢》系列論文，這可能是最早由國人撰著發表的思想史論文。而第一本由國人撰寫的中国古代哲學通史，則爲一九一六年謝無量的《中國哲學史》。這兩種早期著述自有其學術史的意義，但其中對學科的性質與研究方法等多無明確的説明。事實上，無論是學者的闡述，還是其實際的操作，在思想史與哲學史之間都不易劃出清晰的界限，直到當代也仍然如此。抛開細節不論，就語用習慣及有關實踐而言，思想史表徵一種對歷史文化廣闊而深入的關照，其研究方法，關注的問題，都較哲學史爲多元，史料基礎也不可同日而語。尤其是在郭沫若、侯外廬等人建立起來的研究傳統中，思想史有明确的社會史取向，或因其與傳統的文史之學有親和性，以至在今天，這種思路仍然很有吸引力。

文獻發掘向來是思想史研究的基本環節。爲了促進有關研究，我們選輯多種文本編爲『中國古代思想史珍本文獻叢刊』，全編選目包括經典文本，如儒、道二家的經解，重要思想家作品的早期刻本，和某些并不廣泛受到關注的作家文集的舊刻本。本編中也選録了數種記録古代民俗信仰的文獻，如《關聖帝君聖跡圖志》等。此外，本編也著意收録了數種通常被視爲藝術史史料的文本，如《寶綸堂集》、《徐文長文集》等，我們認爲對思想史關注而言，範圍與深度同樣重要。

選集本編，也有文獻學上的意圖。中國古代有悠久的文獻學傳統，大量古籍文本的傳刻與整理造就了古代中國輝煌的文化。本編收録的這些刻本不僅是古代學術發生、衍變的物質證據，也是古代文化的重要部分。本編所收録的全部作品皆爲彩版影印，最大限度地保存了文獻的細節。其中有部分殘卷，視具體情況，或者補配，或者一仍其舊。本編的選目受制於編者的認識與底本資源，有不妥、不備之處，希望讀者不吝指正。

《石堂先生遺集》總目録

（宋）陳普 著　明萬曆三年刊

第一册

第二册

第三册

第一册

重刻石堂先生遺集序

儒者有功於道學後世必有儒者起而承其志輯其書則其功可垂於不朽夫道無存亡書有完缺嬴秦一炬謂非六經之阨運與漢惠帝除挾書律繼時山巖屋壁各出所藏經生鉅儒人傳所見伏生申國高堂生梁丘

浩汞[旁]劉向輩或記或遺若完若缺

後世猶有憾焉脫挾書之律不除諸

儒掇拾已晚宇宙茫茫竟不知六經

爲何物矣石堂先生著書立言直與

宋之四篇文字等而博極淵懿過之

第先生倡道學於宋元之交其身已

隱其書藏之名山百餘年

明興邑先大夫騶山陳公褱愽士蘭庄
閔公文振購而得之編而梓之讀其
書想見其人揖周程張朱而後先之
嘉靖辛酉之變全集化爲秦灰垂十
餘年逸儒企泉薛孔洵者蚤夜是懼
以石堂之書不行則其道無傳從遐
方得舊本筆研窮年繕寫成帙考覈

訓釋寔殫精力其子庠生夢蘭祗成
厥志鬻田贍工重梓之欲以余一言
弁諸首夫觀於巨海難挹波濤藉用
白芹所資誠敬石堂書之始行也騶
山蘭庄之功有於濵儒其盛行也企
泉之功詎不容泯天高地厚日月麗
重明之輝古往今來道學際熈昌之

會天下後世何幸再讀人間所未見

之書謹書

峕

龍飛萬曆歲次乙亥仲秋邑後學金溪

阮鏻撰

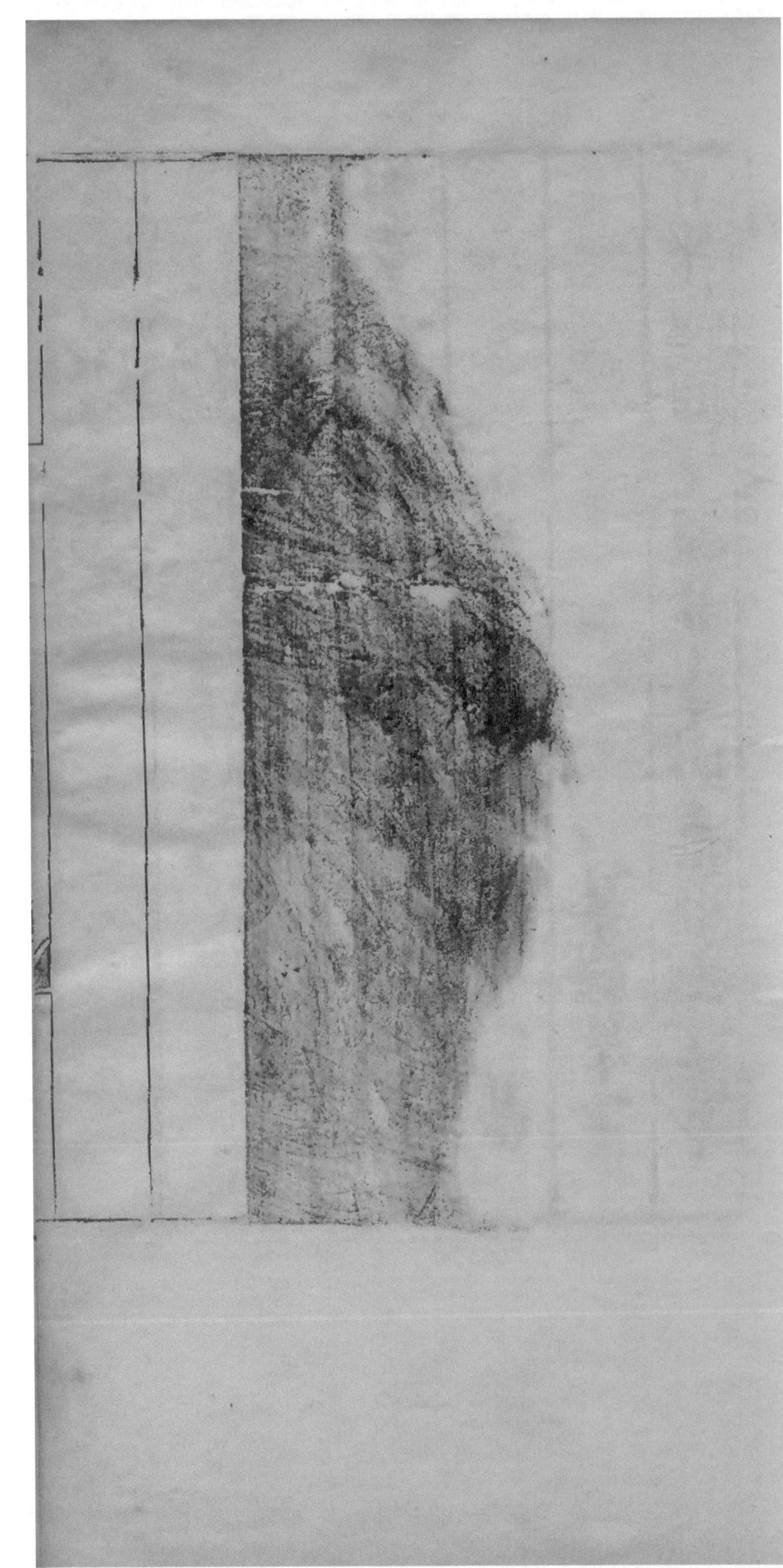

重刊石堂先生文集敘

自開闢来經史子集汗牛充棟縱天禄石渠弗盡收亦旣繁矣茲集復板何耶曰茲集文之載道者也夫宇宙間巋然者山有時而崩泓然者川有時而竭蒼然者木有時而折惟載道之文固不可泯滅也石堂先生鍾扶

輿精應紫陽識生於宋末適運告終知仕夷非節屢徵弗就衡耶澄耶先生胥爲耶一念正氣充塞乾坤直與閩彭澤千載一意其學貫天人通古今明經濟本之輔氏出於考亭靡所弗究亦靡所弗體所著書藏諸家塾歷勝國至我　明晦三百年未有

識也嘉靖乙未邑先達陳公襄授雲
南道御史終養家居以先生講義多
採三註諒有遺集訪其子孫果獲數
十卷經書有解井田有疏咏史有句
星曆有辨其他論策序歌種種咸備
犂然若萬斛珠璣恣人所取而取之
者日亦不厭真濂洛關閩正脉也是

時集已刊行傳及江右無何辛酉邑
被虜板隨燼焉洵竊痛之夫文不載
道雖虫耳類排耳不傳宜也先生之
文言言皆道道無敝而斯集獨敝乎
哉洵于是矢力三年搜獲全書不辭
勞不辭費募匠重刊又慮奥淵難測
曲士疑氷中或註釋一二自知僭妄

但理無彼此未必悉悖於先生訓也
嗟夫嗟夫斯集之興廢其亦時乎阨
於勝國而稱赫於我 明燬於兵燹
而重新於今日自茲以往誦先生之
集者亟褱宇窮天壤矣謂非吾道幸
耶謂非后學幸耶然先生之道非一
方之道則先生之賢非一方之賢也

倘有見先生之道以興起斯文爲念者聞之

聖朝俾得與濂洛關閩均沾孔庭俎豆之光而不終於鄉賢一方之祀典豈非天地育賢一大快乎此又區區重梓之遺也　　告

大明萬曆乙亥邑人後學薛孔洵序

石堂先生遺集目錄

後學邑人薛孔洵　註梓

卷之一

講義

卷之二

講義

論語

學而時習之章　其爲人也孝弟章

吾日三省吾身章　弟子入則孝出則弟章

朝聞道章　君子之於天下也章

何爲則民服章　公冶長今雍也篇一十四章

宰我問三年之喪句　博學而篤志章

孟子

設爲庠序學校句　君子有三樂章

形色天性也

卷之三

講義

易

大哉乾元三節　或躍在淵進无咎也

坤　坤元亨節

屯　六三勿用取女節

无平不陂節　初六謙謙君子二節

謙謙君子卑以自牧也

隨　蠱隨

復其見天地之心乎

天下雷行三句 姤

井改邑不改井節 九二鳴鶴在陰節

易曰憧憧往來四節 其亡其亡繫于苞桑

卷之四

講義

書

曰若稽古帝堯曰放勳

克明俊德節

帝曰疇咨若時登庸

曰若稽古帝舜節　帝德廣運節

皋陶邁種德二句　成允成功

不自滿假二句　謙受益滿招損

允迪厥德二句　予違汝弼節

元首明哉三句　三江既入

祗台德先二句　惟皇上帝節

惟皇上帝三句　德無常師節

亶聰明三句

天乃錫禹洪範九疇彝倫攸敘初一曰五行

洪範九疇　曰休徵肅時雨若

肅時雨若

卷之五

講義

詩

關關雎鳩在河之洲　悠哉悠哉

蕩罩　召南羔羊

招招舟子二句　女曰鷄鳴四句

七月流火　東山采薇杕杜

相彼鳥矣六句　獻酬交錯三句

興雨祈祈二句　肆成人有德節

其德克明三句　帝謂文王四句

昊天有成命章

卷之六

講義

春秋

考仲子之宫初獻六羽

禮記

毋不敬節　禮聞取於人不聞取人

禮器是故大備節　舅姑使冢婦毋怠節

是故隆禮二句　故男子生桑弧三句

周禮

惟王建國節　日南則景短多暑四句

風雨之所會也陰陽之所和也

卷之七

經説

士冠禮　尚書中念字

春王正月　尚文二首

太極圖乾男坤女圖

經辨

檀弓辨

卷之八

答問

答闆問　問三極三才

問明德是心是性　問此謂知本錯簡

問君子慥慥小人硜硜南宫适君子樊遲小
入何也　問仁智安利

問生之謂性程子才稟於氣之言爲察何如

問心有出入　問盡心知性爲格致

問体用物体道体三体字何以辨

問程子未發之中與豫章延平求中之説

卷之九

字義

字義序　天　太極

乾　坤　元

亨　利　貞

無極　太和　皇極

陰　陽　剛

柔　鬼神　妙

主宰　造化　化工

變化　幽明　屈伸

消息 盈虛 感應

孚 易 道

理 器 費隱

体用 德 行

性 降衷 秉彝

命 精 心

志 意 思

思 慮 念

才 氣 五常

仁 義 禮

智　信　四端
三綱　五典　五教
倫　孝　弟
智仁勇　誠　誠之
誠明　一　止
中　時中　時
未發之中　和　庸
正　直　方
忠　恕　敬
恭欽齊莊肅　靜　屈

实　定　安

桼　聰　明

聖　神　睿

濬哲　謀　录

覺　節　容

幾　復　礼樂

文章　物　軌

範　則　休

名　位　分

公　私　理

欲　義　利

善　惡　淑

慝　良　治

亂　順　逆

是　非　得

失　已　意

必　固　我

克己　自欺　人

三才　三極　萬物

論

仁義道義　政刑德礼

誼利道功　天下有道如何

礼官勸李興礼　鴻漸木漸循水二首

重耳天賜　張耳陳餘　李牧

兩生叔孫通礼樂　性善

卷之十二

書

擬上皇帝乞行井田書

答謝子祥無極太極書

答上饒游翁山書

雜著

十二管算法　便道　鄉射有房

賓主脚卻右　周朱無極太極

西銘大意　朱蔡皇極

卷之十三

序

儀禮圖序　大季要略序　孟子纂要序

太極辨序　十先生像序

謝疊山文集序　送胡生序

記

題跋

卷之十四

策問

字訓

箴

文

辭

歌

吟

醉吟

卷之十六

古詩五言

擬古八首　次熊去非七夕遇雨五首

附熊去非詩五首　旦氣詩

朱文公　程朱之學四首

雲莊勸学　勸考亭收文公書

感興　文公書厨八首

於穆元聖　繼天測灵　出此謨訓
惠我光明　永言宝之　匪金滿籯

含英咀華 百家英華 冬華一夜霜 懸壺

水車 筍二首 和友人韻

夫差伍員 荆公東坡

寿龍津佘山溪 古田女二首

純父家池雙頭蓮 玉山東嶽

求兼洞春盈蒲萄 望雲

古詩七言

太極詩上范侍郎 勸李

禁酒 壬辰日蝕 寿栢峯

久旱得雨 寿容山 有感

福城無雪　謝伯春惠生日詩
賀岩上張商翁新居　賀叔父成循子室
賀純父修考亭成　懷古　呈縣尹二首
贈蕖洞春盈蒲葡　和清叟自勉
和清叟奉御大都　和友人惠詩
挽熊去非　和叔父九日後樓集二首
和余兄儒冠悞身二首　柳絮
和答友人　和荼蘼　挽蒼崖
和萊花二首　夜坐　野景
山中　答友人　寄詩

卷之十八
絶句五言

夜坐　有感　高宗帖

姚国秀二詠　東塾　圓山　溪北　信芳亭

王文峯　小山　勒馬山　竹鳩　菱塘　楠窻

絶句六言

贈南豐姚敬仲　野步十首

絶句七言

太極中無佛　讀史八首　乙未冬久雨

程氏館灯下白菊花　求豐瘦病

路中救小魚　自哂六首　愛日二首

夜坐書呈諸公十二首　叔文九月二首

泰寧途間海棠　武夷一曲

玉女峯　大王峯　隱屏

仙掌　天柱峯　一線天

石堂五首　伯循和復依韻二首

赤壁賦四句四首　耳得之而為声　目遇之而為色

取之無禁　用之不竭　歸烏　困王孫

不鮮筭四首　七月六日夜雨　七夕五首

七夕後一日二首　中秋近頥晴五首　頥月得雨六首

戲題趙畔道寓居壁間　婁省乃成二首

偶占　一路海棠正開　戲呈友人

卷之十九

絶句七言

大學二首　三闕

中庸五首　道不遠人五首

右五首原係道不遠人賦下今以類拆於此

論語

首序　時習章　孝弟下

巧言令色下　三省下　道千乘下

弟子入則孝下慎終追遠　聞政下四首

君子不器　子貢問君子下攻乎異端下

孟子

孟子見梁惠王義利　王道勸齐王

觳觫牛　仁者無敵　今樂古樂

大勇　王政　不遇魯侯

不動心　知言　養氣

浩然　具体而微　王伯

乍見入井　天爵　子路喜聞過

善與人同　隘與不恭　天吏

堯舜之道陳王　周公之過　孟子去齐

性善　文公三年之喪　許行

夷之　枉尺直尋　詭遇獲禽

公孫衍張儀　大丈夫　孟子好辯

陳仲子　聖人人倫之至　巨室

仁不可爲衆　自暴自棄　思誠

养志　格非　舜大孝

赤子之心　自得　愽斈反約

由仁義行　禹湯文武周公　詩亡春秋作

私淑　行無所事　終身之憂

易地皆然　齊人妻妾　終身慕父母

憂憂喜喜　禪繼　有庳

放太甲　要湯　百里奚

大成　賁貴尊賢　天位

獵較　為貧而仕　尚友

杞柳　湍水　生之謂性

義外　食色性也　有物有則

理義悅心　牛山　夜氣

一暴十寒　舍生取義　求放心

養小失大　心官則思　天爵

仁孰　堯舜之道孝悌

生憂患死安樂　尽心知性

存心養性　事天立命　正命

萬物皆備　人不可以無恥　過化存神

良知良能　天民　不愧不怍

執一　并耒及泉　踐形

時雨之教　親親仁民愛物

右孟子詩別為纂要今類於此

毛詩

芣苢　桃夭　小星

綠衣二首　栢舟　谷風二首

卷之二十

絶句七言

詠史上

有虞氏　夔亞　夏后氏

伊尹　泰伯　周公

尚父伯夷　齐桓公二首　老子

季札　孔子

宋共姬齐孝公夫人　荀息

屈原　豫讓四首　廉頗藺相如

子思　即墨夫人　戰國

[illegible]史敗　赧王　齊秋

秦皇二首　李斯三首　蒙恬

鄒衍　漢高帝八首　呂后

項羽五首　太公　田横

蕭張二首　張良四首　蕭何

韓信三首　曹參　四皓

酈生　叔孫通　楚元王交

伏生二首　文帝五首　周亞夫

李廣李陵二首　景帝二首　賈生二首

賈[illegible]　鼂錯　張釋之三首

武帝十首　汲黯　夏侯勝

董仲舒三首　申公　霍光二首

張湯公孫弘四首　主父偃　倪寬

張騫　張敞　衛青

金日磾二首　東方朔　申屠嘉

蘇武　黄伯　主褒

趙充國　河間獻王　中山靖王勝

宣帝五首　丙吉　魏相三首

元帝　蕭望之　匡衡

貢禹　王昭君九首　成帝

劉向　辛慶忌　彭宣

刘歆　楊雄二首　光武五首
祭遵二首　明帝二首　桓榮
班超　賈逵　李膺范滂
郭林宗　盧植　皇甫嵩二首
何進　王允　蔡邕三首
管寧　華歆　邴原
孔融　左承祖　禰衡
刘虞二首　劉表四首　袁紹三首
田疇　臧洪　審配
沮授　金禕　陳珪

陳宮

卷之二十一

絶句七言

詠史下

蜀先生十二首　諸葛孔明八首　關羽四首

龐士元　趙雲　法正

諸葛瞻　司馬宣王五首　曹操七首

荀彧四首　孫權　周瑜

魯肅　呂蒙　棗祗

賀劭　曹丕四首　費禕二首

張華四首　裴頠　山涛
江統　周處　張翰
陸机二首　顧荣　刘弘
王導四首　謝安十首　刘琨二首
祖逖　陶侃　殷浩
顧和　王羲之　徐邈
慕容恪四首　慕容垂　符堅
王猛二首　符登　何無忌
刘裕四首　刘道規　陶潜
梁武帝二首　高欢　侯景

石堂先生傳

石堂先生遺集目録

石堂先生遺集卷之一

朱寧德　陳普　尚德

講義

大學

大學

人位三才之中爲天地之心人道得則天道成地道平亦循心正而身脩也人道失則天地無以位萬物無以育亦猶心不正而身不脩也先王知人之爲大故其所以爲人謀者無不盡愛之教之涵之濡之開明導迪作興鼓舞本之以性命道德習之以學校庠

庠使具人之性者皆有以盡其仁義礼智之心受人
之形者皆有以踐其耳目四肢之理然後天地有以
位萬物有以育而爲人上者始無媿於財成參賛之
位此四代聖人之同心而今之大學一篇三綱八條
則其前後相継不謀而同通用常行百世可知之定
序也盖天地之中莫大於人所以爲人莫大於性所
以成性莫急於學性非學不成學非性不正故大學
一篇三綱八條一經十傳惟明明德三字明德性也
仁義礼智人人同得于天而常虚靈不昧者也明明
德學也格物致知誠意正心釋其氣稟之拘撤其物

欲之蔽而流行其所得於天之全体爲孝爲弟爲忠爲信爲愛民愛物而無所繼間間斷者也身家國天下皆人也脩身齊家治國平天下不過欲其明德皆明而成其所以爲人者也天下平者新民之極功而經文乃以明明德代平字八條格致誠正脩齊治七字皆前後相叫應獨平字以明明德爲倡而以平字應之於末見得所謂天下平者謂人人明德無不明非若尋常言語所謂治安無事者也天下之明德皆明則身家國皆在其中矣此夫子曾子以性成人以學成性之深意讀者所當思也身脩而後家可齊國

可治天下可平故必格物致知以開其明誠意正心以實其善盖以中庸明誠之孝爲脩身之要此其綱條次序雖出於孔門然以堯典康誥觀之則四代之孝教人之法可以必其同條而共貫雖前後相去千載而堯典以克明俊德爲本領以黎民於變爲極功康誥先言文王之克明德爲子孫之所當守而後言作新民則四代之教豈有不同者哉格物致知明也誠意正心誠也四代之學其教人服行踐履豈能先於講明体認者哉大學者大人之學也大人者十五歲以上之人也古註淺陋讀大爲泰至程朱始讀爲

夫先王之制人生八歲則自王公以下至於庶人之
子弟皆入小學而教之以灑掃應對進退之節禮樂
射御書數之文及其十有五年則自天子之元子衆
子以至公卿大夫元士之適子與凡民之俊秀皆入
大學而教之以窮理正心脩己治人之道窮理即格
物致知治人則齊家治國平天下理與心即性也文
公之序撚之於先王則四代之同可知矣人生十五
則髮膚日盛聰明日開桑弧蓬矢之志漸可行壯行
彊仕之志自此始故於此時隨以大學之教教之自
此而上二十三十四十五十出處仕止皆不離於學

至六十七十八十皆老講事始不親斈而歲時鄉飲鄉射養老賓賢庠序齒正位之事猶多與焉盖此數事皆於庠序行之老者但居賓僎之位而已無有不與者也可見古人不以貴賤老少皆常在斈所以風行俗美人人成人而無忝於三才之一也究其所極不过以斈成性以性成人以人成天地而已 晉三山晚斈誤蒙縣侯同寅訪之山林置之庠序與一邑儒生六曹俊秀相與爲麗泽之講習斈膚識九何敢在此列第惟五常之性同得於乾父坤毋多會聚則理出互答問則義明人道莫急於斈而先王古聖所以數

人為斈莫要於大斈篇題二字已為一篇之括三綱八條之會也相見之始首為諸賢道之而今而後講明之際是非得失毋吝切磋庶幾不負賢侯上体下教之盛心若夫淬礪琢磨以備擢用則人人自有光明徑寸後生可畏不待於區區之多言也

大斈之道在明明德在親民在止於至善

此四句萬世君臣上下有身有心有位有政進德脩業之一大綱領也朱子章句或問註釋發明備盡周至無復遺恨斈者讀誦佩服行止寢興與動與靜與始與終死而後已可也細讀熟講字義文意尤有可

推道者萬世上下之常行指下三句乃為孝者當然
之正路其所至所成有莫大之善無窮之美所當共
由謹守而不可背棄適他也舍此而適他則皆無所
至無所成且為心身民物之害矣守此則於天地萬
物亦有位育之功不守此則將為二氣五行之賊洪
範之咎徵五出於不肅不乂不哲不謀不聖者是也
四書五經凡言道者大略皆如此讀書者多忽而不
思也三在字則開之指之明其是非可否定其分數
界限以為當行必守之大常上一在字開端之義中
下二在字尤當講明上一在字謂凡孝者之所由所

守惟以天之所賦我之所得虛靈不昧具衆理應萬
事之全体日加切磋琢磨開其氣禀之昏去其物欲
之蔽使之發見流行於日用之間在之云者心之所
主目之所視耳之所聽手之所奉足之所履惟於此
而不可以須臾離也第二箇在則明明天生烝民所賦
所得同一全体在我者既明則當推以及人使之感
動開悟亦有以去其昏蔽而為善人在上者則正身
建極以立其本而動其机政教李校以正其趍而翼
其成在下而無位者亦當立本利器需時待用達則
兼善天下窮居亦有正巳化俗講明開發於鄉黨朋

友之間若舜之歷山孔顔之洙泗闕里曾子子夏之
西河之上王彦之居里諸葛孔明之隆中二程康節
司馬温公之在洛横渠張子之關西亦未始無新民
之功也謂之在者心目四肢亦不離此而其旨義尤
有可詳何者明德之全天地之中皆同之有感必應
有倡必隨不應不隨則其所感所倡者必有所蔽隔
其本体必有傷其功夫必有闕春至而草木不生冬
來而河渭不凍琴動而遊魚不听樂作而鳥獸不舞
神人不和明德已明而下民之舊染不可得而化在
下而無位者亦不能有以行於家庭鄉黨朋友之間

則其德亦未可以言明也是故在親民者不但欲其
推已及人正欲其實有以及人以為自明自治之考
驗耳非止謂其戢之當然也第三節在宰本謂明德
新民二者皆當止於至善是皆精一工夫省察考驗
之準的經文所謂壹是皆以脩身為本正含此意彼以
明明德於天下為非吾黨之事而有出位犯分之疑
豈知於變時雍之治效有上下窮達之不同而克明
俊德之本領無堯舜孔顏之分也樊遲請學稼圃之
事夫子非之而以民莫不敬服用情之術告之盖不
惟使之務為大人之事亦欲其於礼義信三者實用

其力而已則夫休用本末人巳物我合而為一之李

古之聖賢講明久矣何疑位分之不同哉

洵惟至誠參贊中和位育人人皆有不獨天子也有一國之位育有一家之位育有一身之位育雖吾儒在涝居書有此理小庸妻子好合章一家位育也孟子仁義禮智根於心施於四体一身位育也此理在人自悟自得而已

知止而后有定〻而后能靜〻而后能安而后能慮〻而后能得

定靜安三字以一意慮字又一意不知如何分別晦文公曰此四者有次第然工夫果然耶

矣所謂有定者志有定向所謂立不易方主一無適

旨也明於至善之所在則率天下之物無以踰於此心一於是不為外物之所牽異端邪說之所搖如知京師之所在則一心向往而無復之秦之楚矣靜者心不妄動心有定向不受外物異端之搖奪則恬然無事澹然不起百為皆順適於理而無紛紛擾擾之患矣安謂所處而安也私心不起事事順適則樂天循理以處富貴貧賤死生壽夭患難夷狄無所往而不安焉三字之義如此釋之雖相似而不混矣慮謂處事精詳也人之應物多不盡其理者欲心乱之也樂天安土則無欲無欲則靜虛而動直靜而虛則明

無不照動而直則一私不容所以處事接物盡得其
理而無所遺是謂能慮也四者但言所以然雖有次
第而無逐節工夫但自知止之後竟得便須涵養精
熟而后成功

旬惟先生一依朱傳解說四字再無與交淘故
謂之考亭正脉也此類可見

康誥曰克明德大甲曰顧諟天之明命帝典

曰克明峻德皆自明也

克者任其重而盡其事之謂若所謂克家克敵是也
克明德非真勇無累滞然若决江河莫不能遏也顧
諟必有事焉而勿忘也天之明命見得明德是不息

之理明明德是不能已之事味其辭有尊德性之意
蓋嚴之則其敬畏之心不忘而常目在之也下文峻
德意脉亦從此来峻者光明高大至貴至富之類不
能明是自失其貴能明則赫兮喧兮而大畏民志大
意自首章来歸重在峻字上其勢若平地起高峯江
河合為海結之曰皆自明也克者自致其力顧者昭
匕耿匕常在寤寐念慮之間幽獨隱微之際皆非為
人也可見明德是性分之固有明明德是巳分之當
為皆無所為而然也下文自脩自慊與自欺之當戒
而獨之不可不謹皆見其中又以見明匕德新民不

以有位無位皆是自不容已也所謂經德不回非以干祿言語必信非以正行其用功致力若有鞭策而不能已也然盡其事則心無愧怍不盡其事則常有不足也

湯之盤銘曰苟日新日日新又日新康誥曰作新民詩曰周雖舊邦其命維新是故君子無所不用其極

此章大學新民之傳而首尾三節備一篇之綱領所引盤銘即明〻德次引康誥即新民末引大雅而終之曰無所不用其極即止至善蓋明新二字其義實

以明明德也明德只是自新也新民只是新民之明
德也平天下者新民之極功也明德起於堯典而屢
見於商周之書往往兼新民言之但未提出新字耳
如言堯克明峻德而終之以黎民於變時雍言湯懋
昭大德而繼之以建中於民先也新字起自仲康征
羲和乃新民之事而湯與伊尹仲虺以為進德工夫
明新二字其合久矣大抵君子之道常欲明宇宙光
景常欲新然而明即新而新即明也心如太虛止水
氣如光風霽月意如春生玉潤義如青天白日此君
子之明君子之新也大斈所謂潤身心廣體胖是也

否則心為利欲之府身為滋垢之聚是小人之厭然矣民俗丕變至治馨香日月光華卿雲絢爛此宇宙之明宇宙之新也詩謂吾華之黃秋日之百卉詠之其意可見宇宙即人君一身而宇宙間萬事萬物無一不係於君德堯舜禹以精一相傳不過欲新其德以新天下至成湯深見其義故銘其澡身之盤以敏其自新之功而為新民之本也苟日新日日新者緝熙之敬又日新者行健自強之力以求止於至善之意也声色貨利明德之翳也湯之不邇声色不殖貨利乃其日新工夫下手處至於聖敬日躋昭格遲遲

則所謂又新而其力到其功深矣鼓之舞之之謂作
亦求止於至善之意所謂鼓之舞之以盡神者也自
新以為之本斈校刑賞札樂以為之具道之以德以
動其感率之以不怠以勉其趨而復齊之以礼習之
以斈戒之用休董之用威勸之以雅頌琴瑟笙磬鍾
鼓使之懽忻舞蹈而為中和之歸所謂作新者也又
新則己之渣滓尽去作新則人之渣滓盡去人己之
渣滓既尽去則宇宙之間無頹靡昏晦之氣是謂新
国是謂華夏是謂明時是謂昭代德之馨香合治之
馨香上達於清明剛徤精粹之天而其命為之常新

蓋自然之理也極即至善無所不用其極即止至善

所以總括又新作新之義言自新必若湯新民必極

其鼓舞使二者皆無愧怍於天而後為至善也已止

於至善則天在己天下止於至善則天亦在己始焉

原於天中焉事天終焉得天天何言哉我之天合彼

之天而為一矣而其所以合者則以天命流行無日

不新而在我之又新在民之俱新為能合其新也

子曰聽訟吾猶人也必也使無訟乎無情者

不得盡其辭大畏民志此謂知本

此章所引不過以釋本末之義而脩齊治平之實備

其中無訟者治平之效使無訟者明德之功使之云者不勞声色而民自不能已也無情者不得尽其辭所謂坐消姦宄大畏民志則有耻且格而於変時雍矣是謂不言而信不怒而威是謂道之斯行動之斯和其極功則所謂奏假無言時靡有争矣蓋争者逆德而惟德足以消之使天下猶有争則非所謂平而所以致其靡争者一毫智力無所容焉訟卦以窒為吉爻辭皆以不訟為勸至九五則謂之元吉非謂其聽訟之平也乾剛中正其陽明之德如日月之照臨風雷之飛厲足以鼓舞群心而息其訟也故曰元吉

元吉者蘼争無訟之謂也武王耻一人之衡行衡行者逆德也耻者耻已之德未𣸪於至善而不足以化之也凡天下之心有未和平帖妥猶有起而争者皆所謂衡行也孝者無争弟者無争其心和順而不好作亂也慈愛者不争惻隱和柔而無疆弗友之心也争之端起於利〻心熾則忿而忘其身惟好義而忘利斯不争矣故治国平天下二章之首專言孝弟慈三者以為治平之準的而平天下章中所謂外本内末争民施奪章末所謂上好仁則下好義者其意實與此章無訟相表裏而其旨則欲在上者理明欲𣸪

消天下之利心使之觧争無訟而底於平也易曰王用三驅失前禽邑人不誡吉晦翁曰邑人化之不相警備以保其私蓋三驅者上無利心也故天子傳之曰邑人不誡上使中也使即無訟之使不言之化也自古徇義棄利倡於上而和於下者多矣夫子治中都而沈猶氏不飲其羊王彥方居其里能使盜牛者化而守劒司馬溫公園丁亦化其主而不愛錢君子之化與夫人之良心無往而不在也使有位為政者皆然国其有不治天下其有不平者哉有一金於此衆皆争之肝腦塗地者有矣一有過而不顧見而擲

之若管寧者則衆皆愧焉况於饁民泄衆有鼓舞天
下之權其德教之流行速於置郵而傳命乎蓋孝弟
者為仁之本而同胞同與之天莫貴於相愛孝弟慈
者明德之最先也貨利者明德之關爭之端慾之府
而治平之害也任治教之責者不過先盡其孝弟慈
愛以與天下之心洗滌其利欲以化其民使皆好義
而已民皆孝弟慈愛好義棄利則其明德皆明爭之
端不作爭之心不起爭之俗自消而天下平矣訟者
心不和柔而其端起於利使無訟者率天下以仁無
欲而民自朴也故曰聖人感人心而天下和平此義

至矣夫以無情之民一旦而過孝弟慈愛光明正大之君子若孤媚之見太陽耳人畏民志者觀於上而動於中惕然而懼其終也靡然而服如風之偃草也所謂大畏尤當玩味蓋與鼓舞四方風動之意也夫是之謂本夫是之謂明德新民是豈區區小補一毫智力之可容哉

上老老而民興孝上長長而民興弟上恤孤而民不倍是以君子有絜矩之道也

親親仁民愛物之序非智力之強為皆天性之素具蓋仁者五常之本人心之全德而其理主於愛父母

兄弟氣体無間愛莫先焉凡民與已同類痒痾疾痛一也故亦無所不用其愛是皆天性之自然雖下愚不能無者惟其氣質有不清私欲外物因而揺奪而陷於不仁始有賴於上之人尽其性以尽人之性躬行實履以為天下之表而興起其良心鼓舞其歸趣然後皇極立民風一人道得而成位乎天地之中大孝明德即仁也明之者明此而已明德者仁之体孝弟慈愛者仁之用用行則其本明者明矣心孝弟慈愛則心正身孝弟慈愛則身脩家孝弟慈愛則家斉国孝弟慈愛則国治天下孝弟慈則天下平故於治

國平天下章首脩身齊家用行處兩舉孝弟慈愛三
者以為標的盖天地之氣莫大於春生而人道莫大
於仁人者仁也仁者愛也愛莫大於愛親則愛人人
而失其愛之理是豺狼也人者一人之人也長人者
兆人億人萬人之人也兆人億人萬人之人能尽其
愛之性則兆人億人萬人皆感動興起而皆尽其愛
之性老老愛親也興孝皆愛親也長長愛兄也興弟
皆愛兄也恤孤愛人也不倍皆愛人也興孝興弟則
其愛心各行於其家不倍則其愛心徧於人已親睦
而無間老々長々恤孤則已之親々仁民之心無不

周君臣上下彼此物我交通融貫春生之氣旁通四達道理得而風俗淳天地位而萬物育為之君者垂衣拱手以臨乎其上夫是之謂天下平矩者方也仁心四達均齊方正而無不到之謂也已與人皆同此良心知而使之各盡其心所謂絜矩也其機括則在君蓋主於中以運上下四旁即皇極之敷錫也皇極苟不建則春生之道不行民視其親有若塗人況其疎者乎其相棄相倍以至於相戕相賊若秦漢隋唐之末固其所也同是心也融則天地變化草木蕃不融則殺機变而龍蛇走陸故曰心也者陰陽闔闢之

大机也泰否之分上下交不交之辨也交則萬物通不交則天下無邦大孝之旨實與易之泰否相通不可以不知也

孟獻子曰畜馬乘不察於雞豚伐氷之家不畜牛羊百乘之家不畜聚斂之臣與其有聚斂之臣寧有盜臣此謂国不以利為利以義為利也

此大孝傳平天下章之一節可見古人君臣上下心心事事皆不忘民孟獻子魯之賢大夫畜馬乘士初試為大夫者然則未試為大夫之前徒行而已此尊

卑貴賤之別也後世廢人商賈皆乘車衣繡此上之
無制也察猶檢校照管視其盛衰有無者也士試為
大夫則祿有餘孟子王制所謂下大夫倍上士其祿
八百畝可食七十二人者也雞豚民所畜以為利者
大夫祿厚可以買而用之若又自察之是使民所畜
者必無賣處也伐冰斬冰詩所謂二之日鑿冰沖沖
是也卿大夫以上喪祭用冰如始死以槃盛冰置屍
牀下祭用冰則詩所謂三之日納於凌陰四之日其
蚤獻羔祭韭是也凌陰藏冰之室二之日今之十二
月三之日今之正月四之日今之二月十二月伐之

◎

正月藏之二月仲春陽氣已盛天特溫煖遂開冰而
祭獻羔以冰所以鮮明絜清之也然必卿大夫之家
乃得用之未為卿大夫不得用也亦尊卑貴賤之別
也不畜牛羊者伐冰之家其祿又厚於初試為大夫
者孟子王制所謂卿四大夫祿其祿三千二百畝可
食二百八十八人者也牛羊大於雞豚亦民所畜以
為利伐冰之家足以買而用之若自畜之則民家牛
羊亦無賣處也然則畜馬乘者亦容其畜牛羊但不
察雞豚牛羊大於雞豚畜馬乘者其祿猶未勝也此
見古人之心務欲與民均利而不欲妨害之非惟為

臣者守此心蓋上之制禄已慮及此蓋富其臣所以富其民臣之禄有餘則民之雞豚牛羊皆為利無壅塞妨奪之患也史傳中二事亦此意臧文仲為魯上卿乃使其妾自織蒲孔子指之以為不仁謂其奪民利也公儀休為魯相拔其園葵亦為奪民利也此皆古人慮民之深能以此為心則其他可知矣百乘之家有采地者也有采地則無不備矣聚斂之臣猶欲奪民之利以益其富故不畜之不畜之者為民也故冉求為季氏宰為之聚斂而附益之孔子以為非吾徒也獻子為此言又申之曰與其有聚斂之臣寧有

盜臣聚斂之臣盜其主者也盜臣損其主者也文公註以為君子寧亡己之財而不忍傷民之力盜臣不可有也而猷子以為寧有之可見古人先民後己為民常重而為己常輕也大畧古之為上者無非為民故為之臣子者皆體之然卿大夫之祿不厚亦非所謂体群臣者為士為大夫多聰明賢俊皆有與民均利之心然祿薄不足以贍雖欲行其心而不可得也

中庸

武王末受命周公成文武之德追王太王王季上祀先公以天子之禮斯禮也達乎諸侯

大夫及士庶人父為大夫子為士葬以大夫
祭以士父為士子為大夫葬以士祭以大夫
祿位名器與身不相干惟有道有德有才足以任天
事代天工則天以授之使之尊嚴端莊在民之表以
理天事死則用之以葬是謂考終此古人授爵班祿
之本意也有道之士識其本意故居其位服其服不
安其器不食其祿死則士葬以士庶人葬以庶人亦
謂之考終皆所以尊天工謹僭踰順事理也古者上
自天子下至庶人於此無所不謹惟鯀嘗障洪水作
城郭為夏后氏王業之始故夏后氏以鯀配天太王

基王追王季勤王家文王三分天下有其二武王遂有天下周公制礼乃有追王之文所謂追王者葬以定不可改惟廟屋神主尸服用王者之制若組紼以上至於后稷則但從其生前之位葬時之爵牲酒器幣祭主所用以祭其先乃用天子之礼公卿以下至於庶人皆以是為則衣衾棺槨墳墓廟屋神主尸服用死者之爵牲酒器幣用生者之禄分限謹嚴制度詳審意慮悠遠雖孝子慈孫不得以一毫加諸其祖父故夫子曰生事之以礼死葬之以礼祭之以礼以礼則為孝不以礼則為不孝以礼則無違不以礼則

遠所謂遠者咈天理畔王制而得罪於三才者也周
衰諸侯大夫漸逞其私欲秦人焚滅六經漢以智力
持世不以礼樂為教故自楚魯僭王之後以至於今
君臣上下爵位名器往往惟欲是從不為天下国家
經遠之謀子孫無窮之計自匹夫而升天子由藩服
而繼大統基布衣而登公卿不計功論德必欲以不
古非制之名號器服而加諸其祖父不知夫子之所
以告懿子者其繩尺甚嚴其思慮甚遠其善惡是非
之效甚著也不特此也天地山川六宗五祀凡有国
有家之所當祀與夫庠校庠序之先聖先師古人之

制尊卑大小各有其位毫髮不逾周衰王制日墜淫
祀日興楚為鬼方肇為像設漢多淫祀始有冉泉金
人之祭漢晉以後佛入中国流布充斥繪畫雕塑照
耀山林城郭與吾夫子為三自是而夫子顔孟之祀
亦緣佛老而有塑像已非典礼又因追尊之文加以
天子之服坐以佛老之坐不思夫子之教莫大於礼
而背自服非礼之服居非礼之坐何以教天下后世
或曰此所以尊之也曰以夫子告孟懿子之意推之
則祀之以礼其尊之也至矣不以礼則其尊之乃所
以卑之顔淵死門人厚葬之夫子痛之以為不得視

循子子疾病子路以大夫之制使門人為臣治死葬之事夫子深責之以為行詐欺天由是觀之無其位則無其制矣死不可以有臣而可加以天子之服乎夫子嘗為魯司寇矣嘗使原思為宰矣子路之所謂臣即原思之宰也為大夫時有宰死時無之又曰無寧死於二三子之手乎則門弟子之葬夫子必守夫子無臣之意與顔淵當薄葬之義但以弟子葬其師不以天子之禮可知矣葬不以大夫則於禮苟有塑像豈宜服大夫之服而加之以大夫以上之服乎夫子之所不受矣或曰萬世帝王師極至尊而事之夫

豈不可帝王之師師道也以道則以天子北面而師匹夫夫足以見道德之尊必加之以十二章之冕服則拘於富貴名位而道德之味淺矣魯祀周公以天子之礼夫子嘆之以為周公之衰今祀夫子亦以天子之服夫子不其衰乎康節先生曰匹夫以百畝為土諸侯以百里為土天子以四海為土仲尼以萬世為土以百畝為土者服庶人之服以百里為土者服諸侯之服以四海為土者服天子之服以萬世為土者服何服而宜乎天使夫子不得位所以教萬世也加之以天子之服則一時之帝王非萬世之師也是

故日月山龍之章夫子幽冥之中必不受至聖文宣四字亦不足以盡夫子之德任議禮制度考文之責者作寢廟木主以妥其神然后上自天子下至庶人無不北面而拜一則以夫子所以教之禮事夫子二則免同於佛老三教之辱三則存夫責顔淵門人與子路之意而教萬世無窮矣

洵惟先生此議自宋末歷勝国逮

我朝三百年餘矣嘉靖

世宗中興孔庭去王號釋冕服一洗胡元陋制議禮制度百寮一新斯時先生之集未出豈非道

◎

同心一慣世而感通乎於此可見

國朝之制之善

先生議礼之正

石堂先生遺集卷之一

石堂先生遺集卷之二

宋寧德　陳晋　尚德

講議

論語

子曰學而時習之不亦說乎有朋自遠方來不亦樂乎人不知而不愠不亦君子乎

學之一字首見於商書之說命實關千萬世論斈之端洙泗師友講明其義益著士君子入德之門莫不由此下至於士庶人未有不湏斈以成者也自說命以斈於古訓為言而世之言斈者不過記誦為能詞

章為工抑不艱說命中言斈非一曰斈遜志時敏則
道積於厥躬曰念終始典于斈則德脩罔覺所謂道
積德脩皆是就性分上用功于身心上有得所以集
註首以人性皆善一語為本領後覺效先覺之所為
不過欲明善復初而已此之謂斈盖異乎世俗記誦
詞章之斈也夫人以一身混然中處於天地之間得
天地之氣以成形得天地之理以成性必有一點虛
靈不昧者為一身之主宰是性也即上帝所降之衷
烝民所秉之彜純粹至善也渾然在中隨事發見則
有仁義礼智之名但以其梏于氣禀之偏陷於物欲

之敝所以有善惡之不同自古聖人設教以先覺〻
后覺者蓋既能盡己之性必推而盡人之性此孝之
不可以已也時習者凡應事接物起居動息各有其
時也無一時不有其理事〻而求之時〻而察之此
之謂時習如顏子于視聽言動之時則習其四勿之
戒曾子于為人謀交友傳受之時則習其三省之功
仲弓于出門使民待人之時則習其敬恕之道凡此
類皆是時習〻之既熟一旦豁然貫通有以見夫道
体流行無所不在動容周旋自中乎礼心與理融怡
然自得豈不動喜悅之意乎有朋自遠方來一節又

有以見天性民彛之善無間乎人已遠近故氣類之相求精神之契合在己之善既後其初在人之善亦以類而相從歡忻交通宣暢悅樂之情發見於外昜之兊卦以說為義又後以朋友講習為象是知悅樂之事莫大于朋友之相從故此章亦以朋來為樂也然朋來固君子之所樂人不知己豈不拂君子之意乎今有拂吾意之人而置之度外一毫忿悶之情不介於胷中何也蓋君子之率不過求盡吾己分之所當然全吾性分之所固有他人之知與不知于我何加損焉蓋得於己者厚則求於人者薄矣以夫子之

聖沈諸梁猶不之知而問于子路夫子且有樂以忘憂之言初何悪於沈諸梁耶故曰不見是而無悶又曰故惟成德者能之文公又曰德之所以成亦曰斈之正習之熟悅之深而不已焉耳又有以見此章首尾相貫只是一條道理其根本只在復其性善之初其功夫全在於為己之切自得之深其功效自然到樂與不愠境界愚竊謂斈之正一語又是習之熟悅之深之綱領若斈之不正則為異端邪說之流偏狹固滯何以有悅樂之趣或為詞章記誦之斈則矜己取名無非為人求知之事何以有成德之功文公為

孝者開示路頭全在此一正字上深玩庶幾有得其
本
洵惟先生講明善後初孝以成性血脉貫通
故悦故樂故不愠人之知不知於我何加損
吾儒為己之孝聖賢心法之要氣象規模自
別時以人不知作君相言意味淺矣
有子曰其為人也孝弟而好犯上者鮮矣不
好犯上而好作亂者未之有也君子務本本
立而道生孝弟也者其為仁之本與
四章有子之言似分兩截首言其為人也孝弟是泥

蓋仁者心之生道也人人皆知自愛其生當推原所
親故伊尹曰立愛自親始必求其所以自親始之由
希賢之孝亦志於仁而已然仁主於愛愛莫大於愛
凡為人皆當有孝弟之行也君子成德之人為希聖
小則干犯尊長大則悖逆爭鬬豈復有人道乎此言
而後已蓋凡民百姓若不知孝弟則必無和順之心
不作亂君子之孝弟則當造其精微處必至于盡仁道
所同者但衆人之孝弟止見得粗處故止於不犯上
德之士謂睎聖睎賢之孝者孝弟本是一理人心之
言衆人謂凡民百姓也次言君子務本是謂提起成

以有此生者實父母生之也吾之身即父母之身也
知愛吾身則當知愛父母也兄弟之生同出于父母
同氣而分形者也知愛父母則當知愛兄弟矣又自
父母兄弟而推之一家之宗族長幼其初同出於一
人也則吾一家之宗族長幼皆當尽其愛之々道又
自一家而推之一国天下凡賦形肖貌命之曰人者
其初皆得天地之心以成性皆得天地之氣以成形
如吾兄弟之同一父母所生也故曰民吾同胞至於
昆虫草木肖翹蠢動之物其初亦皆得天地之氣而
生故曰物吾與也始者由一愛生之心推而親々由

親親而仁民由仁民而愛物以天地萬物爲一休則仁之道盡矣本猶根也如木之有根自根而榦自榦而枝葉華實愈推愈廣孟克孟大此一節言君子之行仁自孝弟始之義也大抵孝弟之理人心同得衆人雖得其粗然所關係甚大蓋聖君賢相脩政明刑所以統理億兆者不過使之親親尊尊不至於犯上作亂孟子所謂人人親其親長其長而天下平大學平天下之道亦不過孝弟慈爲要有子此言豈不大有功於世教君子得其精者自一愛心推之至于博施濟衆老安少懷爲仁爲聖皆自此始故曰堯舜之

道孝弟而已孔門設教以仁為要又以孝弟二字為
行仁之始有子提起君子以別衆人也以此見孝弟
之道貫精粗徹上下堯舜之治孔門之教皆本乎此
夲者不可不勉也有子為人二字亦當玩味

曾子曰吾日三省吾身為人謀而不忠乎與
朋友交而不信乎傳不習乎

人具形受性位天地之中亦須真實成箇人而后可
謂之人若不真實成箇人而徒謂之人是天不剛健
地不柔順日月不光明水火不燥濕實亡而名豈可
淑存性失而形亦不能獨得矣曾子日三省其身盖

是為此為人謀親疎遠近凡所接者有當相與從事用心無非為人謀也忠者盡己之心凡義理之當然物我之公共坦然於天下瞭然於吾心而不可欺昧者必求有以尽之無所隱也人之為人於此便見人者同体者也無分彼此物我但尽事理之當然為人謀偏有所不尽則非人之本心理性不流行而公道窒矣此便有恕在中恕者以己之心度人之心忠者認人之事為己之事非恕無以為忠非忠無以尽恕先儒言忠恕二字為形影不相離是皆合人己為一体而遂其所受生物之心而無愧於為人者也信者

实也以人道而实諸已也言而必行々而后言使朋
友信之而無疑也為人忠謀猶是爲事信於已尤難
為人忠是尽吾心之所知至信於已則當然之人事
鮮不昧其所知而苟然以自欺者尚為朋友之所疑
則又安有切实止定之依據虛明無雜之衡鑑以為
々人謀之根本哉是故欲廣尽人心先自尽人道忠
者所以廣尽人心信者所以自尽人道也已之人道
有未尽而為人之々心必不尽矣先言忠所以明人
之心而合人已為一体次言信則先尽人之道而尽
人已之全体曾子之意不無淺深矣受之於師者關

其知養之全熟之於已者考其踐履之實所以忠其
忠而信其信也不忠不信不足以為人不傳不習不
足以盡人矣

子曰弟子入則孝出則弟謹而信汎愛衆而
親仁行有餘力則以學文○子夏曰賢賢易
色事父母能竭其力事君能致其身與朋友
交言而有信雖曰未學吾必謂之學矣

竊謂知行二字乃為學之要領知而不能行如跛者
欲適千里而癈於跬步行而不先知如盲者欲索塗
而莫知所嚮先儒謂知行並進如車兩輪二者不可

備發自舜禹傳心有惟精惟一之語已寓知行之意
矣傳說始指出二字非知之艱行之惟艱孔門講斈
皆不出此大斈三綱則始乎知止八條則先乎致知
易言斈聚問辨而后繼之以寬居仁行中庸言斈問
思辨而后及於篤行論語博文約礼對言孟子知言
養氣而知性尽心互舉焉盖博文知言知性皆知之
事約礼養氣尽心皆行之事歷稽諸古進脩為斈之
要莫不本乎知行之兩端以此而論斈而第六第七
章言斈之旨及文公集註中之微意尚有可發明者
第六章言行有餘力則以斈文第七章言雖曰未斈

吾必謂之孝夫合二章集註末段之意而參考之始
知文公之意又自以孝文為重亦有以發明夫子之
本意而教子夏之偏也何以言之蓋孝莫先於致知
而致知莫先於孝文六藝固為文之末者若詩書乃
載道之文備聖賢之成法著事理之當然豈非致知
之先務乎且如入則孝固當行於事親之時然必知
冬溫夏凊之節承顏順志之奉其所以為孝之道當
如何出弟固當行於從兄之時然必須知其何者為
恭何者為友何者為式相好何者為無相猶謹者行
之有常當知其所以有常之道信者言之有實當知

其所以有実之理衆之愛何以施仁之親何以擇未有不先知其所以然而能行其所當然者下章四者皆人倫之大然不讀二南之詩何以知夫婦之道不知五典之書何以知父子之親君臣之義朋友之信不攷歷山之克諧何以知能竭其力之法不覌三仁之自獻何以知致其身之方此四者而尽其誠謂非自斈文中來可乎然則力行固為務本之要而致知又是力行之本二者斷不可偏廢也

朝聞道夕死可矣

此章是聖人為道傳神立準的使斈者必至此而后

為有得大意謂道於何處可見聞道者何以謂之聞
必於死無不可安於義命而無怨天尤人之心而後
為廢殘也蓋死生皆道也孝道者於此無所不安斯
可以為聞道者當死時必不背可不安命不守義不
以為當然雖不得已而死亦終不能無怨如此者是
於道之面目渾未見雖有見亦未真也可者自以為
可安之之謂也蓋與顏子之樂同味夕死者道有定
体有真味未聞之前憂懼怨尤無所不有聞一朝聞
之則其識趣立異於人所患者惟不得耳得之如芻
豢如熊掌耳之美之㮣天下之物莫能易夫子所謂

喻於義是也不得之百病橫生苟得之一变至道文公釋此章首謂道為日用事物當然之理先含死生無非天理之意次言苟得聞之則生順死安無復遺恨生順於一身之事無不盡其當然不容一毫人欲雜之死安者承生順之常行而終遂之以成仁成己也不獨顏子之死而安雖比干之死亦安也顏子之死命也比干之死義也安於命可也安於義亦所謂可也命與義皆天理也無復遺恨者心與道偕不復有一毫私憾也又曰死生亦大矣二句乃舉重包輕之辭蓋死生貧富貴賤莫非道也處死者人之最難

鮮有能安之者雖死而可則凡貧賤憂戚小亡患害
又何不可之有哉為道傳神夫子本意蓋如此

子曰君子之於天下也無適也無莫也義之與比

此章之義主於無深求其義當以有無二字交互反覆言之而后得聖人之精意蓋此章之旨雖曰無適無莫其實未嘗無適無莫雖曰有適有莫其實未嘗有適有莫必曰雖無而實有雖有而實無然后聖人之意備天下之理得一以明天理之當然一以見聖心之不倚均之無可無不可而吾之所謂與佛老之

所云真如天壤胡越之不侔晝夜寒暑之相反矣且夫適專主也聖賢君子豈能無所專主乎莫不肯也聖賢君子豈能無所不肯乎時人皆以后進為君子而夫子必先進之從非專主乎當時皆拜乎上而夫子必拜下雖違衆不恤也非專主乎一時皆上功利而孟子必守仁義天下皆尊管晏而孟子必稱堯舜皆所謂專主也故舜曰朱啓明可用也堯以為不可讙兜曰共工鳩僝可用也堯以為不可四岳群臣皆以鯀可治水堯既吁之而又咈之是必以為不可也泰伯以翦商為不可夫子稱其至德伯夷以伐商為

不可夫子稱其得仁伯夷適長可嗣也伯夷曰父命
立叔齊也必不可叔齊父命可立也叔齊曰有兄在
必不可晉文公召王于踐土夫子以為不可而書之
曰天王狩于河陽季氏溝昭公之墓夫子以為不可
而合之冉求以顓臾為可伐夫子以為必不可伐子
路以正名為迂夫子以為必正名此皆非所謂無適
無莫者也齊人問燕可伐孟子謂燕可伐而齊不可
以伐之宋牼欲說秦楚以交兵之不利孟子曰先生
之號則不可魯欲使慎子為將軍孟子以為一戰勝
齊遂有南陽然且不可凡此之類豈所謂無適無莫

無可無不可者乎夫有專主有不肯者擇善守正聖賢君子之常道也無專主無不肯者循理無為聖賢君子之精義也物各有則事各有止其可者理之可天下公以為可不容有一毫之不可也其不可者理之不可天下公以為不可不容有一毫之可也可者理也於此而有所不可則已也不可者理也於此而有所可亦已也理則公也正也中也和也天下之達道也已則私也邪也偏也乖戾也一身之私欲也無適無莫無可無不可在聖人則為物各付物虛中無我在夲者則為克已也物各付物則於我乎何有克

去己私於我亦無有也物各付物者絶四也克去己
私則惟理之從矣皆所謂無也故曰義之與比義者
天理之公人心之正也其可者義之可非我以為可
其不可者義之不可非我以為不可事之是非不能
不徃來於吾心而其從違取舍則皆天理之已定天
下之同然此聖賢君子之心所以常虛静無為如大
空止水也此義至大盡之則與天地同流日月四時
同運也豈鄉原釋老之李所可同年語哉

　　洵惟義之與比堯舜禪傳湯武放伐舜不告

　　而娶等類皆是

哀公問曰何為則民服孔子對曰舉直錯諸枉則民服舉枉錯諸直則民不服

好善惡惡萬人一心也居人上者欲得人心惟好人之所好惡人之所惡善者舉而用之不善者棄而絕之則人皆喜而無不服矣如或好人之所惡惡人之所好惡者舉而用之善者棄而絕之則人皆怨欲其服而終不服矣哀公當時為国人不服故問於孔子孔子告之但欲其不逆人心之所好惡而已直者公正有道之人也人之所好也枉者邪曲無道之人也人之所惡也舉者推揚進用之錯者棄置不用之諸

衆也好直惡枉人心之公為上若但傾之則人惠不、服逆之則必不服也柳下惠為士師而三黜孔子大聖而棄之使周流天下顏回大賢棄之使居於陋巷子路死於衛而少正卯在朝孔子高弟七十二人惠人得用宜乎国人之不服也哀公猶不知而問之孔子孔子告之而又不能行魯国益衰三家益大是豈惠其故哉萬人一心萬口一辭止之不得禁之不可在上之人不可不知所懼也

公冶長篇二十七章合雍也篇首一十四章

通四十一章

此皆論古今人物賢否得失胡氏以為疑子貢門人
所記凡三十有五人其心術德行事業本末表裏是
非善惡内外賓主輕重緩急精粗微明大畧皆備大
意以德為貴以行為本以口為惡以惰為棄以孝為
急以治心攺過為本觀人以格物審已以全内辨志
以立心明理以求道守已以立身攺勇以進德去矜
以入道利器以俻用至於心術之要義理之原毫○
釐之辨精微之藴居上為下之体為政取人之法處
時接物之方安命樂天之事與夫用財之度嫁娶之
宜鬼神之理世俗之榮辱衰世之好惡靡不畢具類

子之孝亞於聖人其精要不過二三章與仁之為体
最大言之最難而皆在此四十一章中孝者守此亦
足以終身矣妻南容美子賤惜伯牛賢陋巷說漆雕
貴辭角取澹臺是以德為貴也貴宰予是以行為本
也再言焉用佞嘆祝鮀利口者聖門之所深惡也不
惟祝鮀宰予亦有口罪也務於口者必廢其中所以
皆棄怠惰當晝而寢也孝莫患於惰故宰予晝寢為
棄人為腐物冉求為自畫莫貴於勇故子路以惟恐
有聞為百世師又為曾子所畏美質易得而道非孝
不聞故聖人以已之好孝為聖人又以稱顏回孝之

為道非有他也在於治心養性與知其不善則速改以從善而已故顔子好學在於不遷怒不貳過而能見其過而内自訟者聖人深賛其難得觀此二章然後知聖門之所謂學而能自訟其過者聖人之所深望也凡過而不能改者知之不至悔之不深故也能内自訟則其知之至悔之深能改必矣顔子之不貳過亦惟其知之之至而已觀人善惡亦格物窮理之一端善者可以企及惡者可以反已四十一章皆觀人之法而思齊自省一章則其樞也一於觀人則將廢其内故漆雕開不自信為聖人所喜賜也何敢望

而亦聖人所與士尚志也所志仁也悠悠之孝非所
以為孝也故使二子各言其志以觀其趨向植立之
如何志於求道非明理不可也明理在求其中辨其
宜故子路以兼取裁見譏門人小子以不知所裁動
聖人之歸與天地父母之身不可以不立也閔子不
仕季氏澹臺不至偃室守己之度立身之法為人之
準則也不然則卑汙苟賤不足以為人矣矜肯士之
大患也孝尚遜志道貴若盧少有欲上人之心則人
欲日長天理日退矣千載以来惟伊川上蔡嘗及之
即聖人貴孟之反說漆雕開顏子願無伐善無施勞

之意也能將此一心打併得丕不患其不進也仁者
當理而無私心之謂非全体不息者不足當之故冉
求公西赤闘穀於菟陳文子皆不足乎其仁子路之
勇仲弓之賢子貢之敏皆在日月至焉之列惟顏子
三月不違而猶有頃刻之不在此有無存亡之机内
外賓主之辨夲者最不可不知也申棖理欲也藏文
仲明闇也澹臺滅明正邪也漆雕開虛實也孟之反操
舍也子夏之儒義利也季文子微生高左丘明公私
曲直之辨也顏淵子路閔子騫申棖宰予冉有剛柔
強弱之形伯夷叔齊則中正無私大公至平之体也

顔淵季路言志可以見心之存亡夫子之自言又物各付物止水明鏡之体也此皆心術之要毫釐之辨精微之蘊往々取人之所忽而明之所謂微顯闡幽者也斈者於此能加審問謹思明辨篤行之功則可以入道矣性與天道萬善之原究極四十章之義與顔子之仁則此一章可以備々而見四十章各一門路此則其統會之全也仲弓子桑伯子居上之体而居敬其要也南容甯武子為下之道處時之宜也晏平仲接物之善也子游得為政之本也由治賦求為宰赤束帶與賓客言由果賜達求藝使漆雕仕謂子

貢嚚取子產四仲弓之父之惡不可以蓋其子之美
孔文子之罪而不沒其下問好學之美以善取人用
財之法也士生天下不足為天下用亦棄人也子貢
之瑚璉雖非大器亦天下之用也陋巷之樂歸與之
嘆樂天安命之事子華之不與原思之必與用財之
度也公台長南容嫁娶之宜臧文仲之不知鬼神之
理也公冶長世俗之榮辱祝鮀宋朝衰世之好惡也
通四十一章三十有五人而聖人之所敎孝者之所
孝大畧皆具信乎子貢之徒所記亦不為淺近矣
宰我問三年之喪期已久矣

宰我問三年之喪曰期已久矣則期已不堪非獨以三年為迂也人心否泰通塞於此可見蓋本心不失則終身慕父母不止於三年私欲蔽塞則水漿一日不入口有不能勝者矣夫子復言其不仁則謂其心之蔽塞也秦漢以来喪礼已廢其禍始於漢文帝而成於晋杜預文帝不知人情之易怠為惡易而為善難創為苟簡滅裂之制以濟天下之私欲以開無父無君之門所謂首惡者也使孝景有良心能守夫子之礼猶可遏天下之趍孝景遂遵而行此風俗所以遂下也下至晋武蓋三四百年君臣上下不見所謂

素冠棘人者矣晋武良心不㓕於文帝王太后二喪
慨然慕古而群臣皆卒我之徒無一人有忠孝之心
為綱常之計晋武亦不能自立有革弊救世之心僅
能疏食三年自終而已迨泰始十年楊后之喪傅士
陳逵始請太子終服逵之言已為枉道徇時而杜預
復以偽辨沮之且使傅撰集書傳舊文以實其說自
是以來人紀道廢以至於今夫秦秀傅玄不足道也
杜預為春秋之學而滅薄父子君臣之礼天下復何
望哉文帝之喪僅有羊祜能以漢文為非然不能明
於人主之前而勸其力行但與傅玄私議而已此

預之說僅有摯虞小異以為不必附古蓋皆宰我之見非有忠孝之誠心也司馬延世大儒於傅玄秦秀之議已知其非於泰始十年之議復以杜預為辭陳逵為質畧敦實皆見道不明得之復失者也儒者三綱所係而其言若此可嘆哉昔宋太祖覌武成王廟擿白起而去之愚嘗以夫子廟從祀如杜預者當在白起例論語註如何晏者當以人廢言況其言又無可取者蓋宰我止於疑問而杜預遂數奏倫談經之儒固不能純乎君子而何晏妻同母之妹與曹爽鄧颺共為鄭良宵之為以戕其宗輿王弼共以邪說致

永嘉之亂范甯以為王弼何晏之罪浮於桀紂而后
世乃以王弼周易何晏論語教天下非所以坊民也
子夏曰博學而篤志切問而近思仁在其中矣
仁之体用天地同大然求仁之方只就毫厘絲髮上
充拓開去蓋天下惟一理〻之所在近則君臣父子
夫婦昆弟朋友之間遠如天地之大萬物之衆鬼神之幽
小如一身之起居寢食語默大而治國平天下皆〇
一理之流行處譬如春氣及物一處到千處萬處無
不到一枝一葉生千枝萬葉無不生又如人身血脉
自五臟百骸至於爪甲毛髮靡不洞達一處隔閡僅

如粒米則一身為之不寧此義理之全体即所謂仁也人者天地之心心正則一身皆正心有病則百骸皆廢故為人必盡人道人道盡則天道成地道平萬物咸若然欲盡人道只就本身上各求合理中節而已工夫非學問思辨不可故子夏云博学而篤志切問而近思仁在其中矣明道先生深會其旨愛其言既連忠信篤敬章並言以為只此是學質美者明得盡渣滓便渾化却與天地同躰又曰了此便是徹上徹下之道夫喜怒哀樂得其正則天地位萬物育今吾于君臣父子夫婦兄弟朋友之間洒掃應對起居

飲食語默之際事必求其理動必中其節合一理則萬枝春中一節則百骸和有疑則質諸有道未會則反求諸心使表裏洞達彼此交貫事事不愧不怍則浩然之氣與天地同流仁在其中豈不信夫只是本身無病痛與天地界神不相隔閡而堯舜孔顏了此而已或曰士所居之位不同豈必天地位萬物育而后為仁乎曰天地萬物之理無不在也陋巷之士一日克己復禮而天下歸仁致中致和明德新民之功非必帝王卿相之位而后能也

設為庠序學校以教之初庵書院講[illegible]

天地之所以為天地若人也人之所以為天地之心者倫也明斯思之立天立地而無人焉則夫三光之運四時之行亦奚以為哉日月之所照雨露之所潤莫非草木禽獸則其義理亦已卑矣是故無人為大而人之所以為人者倫為無君臣之義父子之親夫婦之別長幼之序朋友之信則與鳥獸賦氣具形者何以異日月之照亦徒照雨露之潤亦徒潤天亦徒覆地亦徒載有人與無人同則天地亦無所賴矣然則人之於兩間也固甚大而倫之於人也亦已重矣

是故古之聖人既制民之產隨以教倫為先務倫有五曰君臣也父子也夫婦也昆弟也朋友之交也君臣欲其有義父子欲其有親夫婦欲其有別長幼欲其有序朋友欲其有信五者天理之當然天性之固然以天命為本以堯舜為法而朋友者又所以切磋琢磨乎四者之義五典之中尤不可無者也舜命九官先百揆總衆職也次后稷急民食命稷之后隨以五典之教責之司徒刑工礼樂皆其后也武王歸馬放牛之日成王四征不庭之餘初政急務如出一轍誠以兩間莫大於人人莫重於倫理亂安危係其厚

㴱存亡與廢在其有無關消忽之以為迂明者于時
保之惟恐有一息之廢墜也設為庠序學校以教之
者謂夫氣質之稟有不齊知能之良有不盡非學無
以養非教無以學此司徒之職典樂之官學校庠序
之制所由與也地自王宮國都以及閭巷莫不有學
人自天子諸侯之子下至庶人之子莫不入學地與
制有不同名因時有遷革而其所以教倫一也明礼
義以立其根柢定分制以明其標的嚴法律以檢其
不齊息之以宮宇游之以詩書考之以鄉射磨之以
師友臨之以鄉大夫鄉先生觀之以鄉飲酒賓與二

南雅頌以動其机象勺武夏以和其性鍾鼓筦磬以
作其趨而安其習民之耳目聞見止於是心術趨向
一于是手足牽措範于是肌膚筋骸束于是声音氣
習褔于是當是時人無不享匕無非倫進有六德六
行之選退有八刑之糾無所蔽而已覺者增其美廣
而進其新知有所拘而未覺者繹其纏繞而出其真
性忠孝慈愛之天男女長幼之序交際往来之礼用
之如菽粟水火芔之如芻豢○膏粱安之如宫室衽
席粲然節文如五采之不可亂瞭然善惡如墨白之
不可淆義理之傷痛於肢体倫義之愛重於金珠始

也油然而生沛然而趋終也怡然而自得陶然而成
俗道[illegible]田里皆弟讓之人衰世亂朝少化上之夫是
以人道得而天地位日月光草動植咸若此三代之
世所以為治而国祚之所以長蓋以人道維天地以
孝校庠序立国其深思遠慮非后世濟人於草木禽
獸而托国於天者比也自井田麻而孝制亡人之耳
目無所習心術無所止異端乘虛入中国使古之家
塾黨庠悉化而為佛老之室詩書絃誦而亂之以楚
唄蛮夷之語衣冠礼樂而眩之以怪形異服之人孝
弟忠信之民而誤之以空虛断滅棄父母絕妻子之

教盖秦漢而下千有餘年人不絕於天地間而其声
音氣習遠禽獸常不遠其所以不絕之故與夫天地
之高下運行未至於墜隕熄滅者皆以秉彝之天時
出間發不待教訓而自不能忘者為之主與夫山林
江海蹈道行義立言垂訓潜扶三綱五典於寂寞之
鄉者猶有其人若夫赤子蒼生之禍山川日月之災
或彌四海亘百年而不得寧者則虞夏商周之所未
嘗有也無他人無礼義薄恩愛之時多也有君而不
立師有刑政而無教化有人而無義理淪於草木禽
獸而托於天此秦漢以来有土有人有政者大率未

嘗以為念也然則如之何念之曰人者天地之心有五典之倫非草木禽獸比也倫不可無教〻不可無孝不脩不孝是倫也天地萬物係焉宗廟社稷關焉苟有坐以待旦之勇則一日可以唐虞三代矣

君子有三樂全章

此章區畫布置如人架屋自四隅極𢔶而結之于極如化工造人物備四肢耳目而主以心初二句発明內重外輕之極致末復申之如詩人重復歌詠之体中二樂所謂仰不愧於天俯不怍于人者則如屋極為總會之處人心之暢於四肢也盖吾心在上下四

旁之中故居子之來無一不求於已自身有一毫之
間斷不續隔塞不通則如天地水火之不交雖内有
父母兄弟而無春生玉潤之氣外多良友英材而無
以作其發生興起之机生意不流行血脉不交貫雖
樂而不能樂也惟在我暗室屋漏無愧于天處已接
物無怍於人私意淨尽天理渾融然后内而顧之父
母俱存眉壽無害兄弟既翕和樂且湛其樂自無窮
也外而慕道之友自遠方來從遊之徒皆天民秀其
亦無以加也於斯時也恰恰融融萬境皆樂奉天下
至富至貴何以易此無他自已無過則目前之境[illegible]

順而胷中之輕重亦明自有以生其樂而又無以害
其樂也雖○○一樂係于天而有參差會合之不齊
三樂係於人而有公私貧否之或異顧在我無得罪
於天地人物無往而非順境也不然則自已猶有獲
罪於天有負於人則目前皆魔〻靡騁之地而其胷
中方且昏〻擾〻於公私理欲之間雖欲樂有此樂
而不能樂而况于父母有有過之子凡有有過之弟
弟有〻過之兄英材佳友且未足有以感召之者豈
得而樂之哉吾曰三樂中之二樂知心為四肢之主
如心病則四肢皆病矣此樂既得則心得四肢皆安

如元氣為生〻之本無有間斷隔塞父母俱存兄弟
無故之樂春生也得天下英才而教育之樂夏長也
皆元氣之流行也一樂三樂或有不齊則秋冬之肅
殺而元氣常充無恙也天地主元氣人心主仁不愧
不怍仁之充滿也一樂三樂仁之流行也一樂三樂
之不齊仁之收斂也其用功之不息其要只在謹独
故不愧于天一語又一章之至要處盖不愧扵天而
后不怍扵人暗室有愧則見君子而厭然矣所謂不
怍扵人者豈強顏餙貌之為哉亦不得罪扵獨而已

形色天性也全章十

天地與人通身純是道其初本無形性道器之分使
人無氣質物欲之累一一皆如聖人之欲踰矩絲必
中節則不必分有無精粗直謂之道可也惟人為氣
質物欲所累因有智愚賢不肖有無完缺純雜之不
齊故天下之心目始一以形為粗而又以其徇欲之
不止也而遂賤之豈知其未嘗不精不貴而本與天
地同体哉三才既分凡可見者皆道也天有南北兩
極東西宿次赤道黃道之位其動也有日月晝夜寒
暑四時之行風雷雲雨霜露霰雪之變地有八方九
野河海山嶽之異百穀草木鳥獸之殊其動也有絲

生周謝去来之節皆所謂形也然而静各止其所動不喻其節雖毫髮不過不减也直謂之道豈不可乎程子曰天專言之則道也文公曰天地之化往者過来者續無一息之停乃道体之本然也正謂此也其静者道之静其動者道之動也惟人亦然躰有四肢百骸耳目鼻口首足上下之位倫有父子君臣夫婦長幼朋友之列其動也耳聰目明足重手恭父慈子孝君仁臣敬夫義婦聽之理不慮而知不孝而能不言而喻其本然定分與天地之無為自然者未始不同也其所以異者天地皆太極之充無止息時人有慾

質知者恐之累雖滿腔子皆道心而為氣稟所拘始有
不行為知所誘始有不安自非聖人清明純粹無動
非道則於四端五典各有厚薄多寡之不同其最通
而無蔽者直與天地同其動靜其甚蔽而不通者乃
與禽獸同其生死此有生之類所以有聖愚賢不肖
之不齊而天下之是非善惡理亂興亡所由生也然
而天理素定物不能移末流萬殊本原一致理欲善
惡有天壤胡越之懸絕而七尺六尺之軀出於天地
父母者千歲一日萬人一躰也形與性不相離道與
器常渾合形者性之郛郭而性者形之充滿也所以

謂人皆可以為堯舜而不敢以導待之也此孟子形色天性之論所由立也盖自心之動於氣者多役於形也久矣以聲色臭味安佚之氣欲而害其仁義礼智五典之道心於是天下之不察者率皆賤形而貴道然論其本則形即性道即器也形色天性云者合人於天地而反此身於陰陽五行之初者也形色物也天性則也乾健坤順水濕火燥合而為一者也人之與仁亦合而為一者也豈可以汙且賤視之哉惟聖人然后可以踐形者聖人不思不勉動而無不中於天地之動不知其孰為形孰為性也踐之云者

以形行莫非道也盡形理而莫非實也所謂目視耳聽手持足行也所謂無忝所生也賓者則必思而后得勉而后中不能直以形行以致人心道心之辨而嚴道心之守不能皆得其實而無一毫之不盡也其又下於賓者則其天性固具其動也亦不能無不中節之時而其梏於氣奪於欲蔽其形而不知檢之時多也惟然后可者言惟聖人能之他人則有未至也非禁止他人使勿為也此自堯舜禹湯文王周公孔子以來天理晦微人欲橫流之后深思潛發扶植三極之論與性善養氣同意是乃眷乎百世之后之言

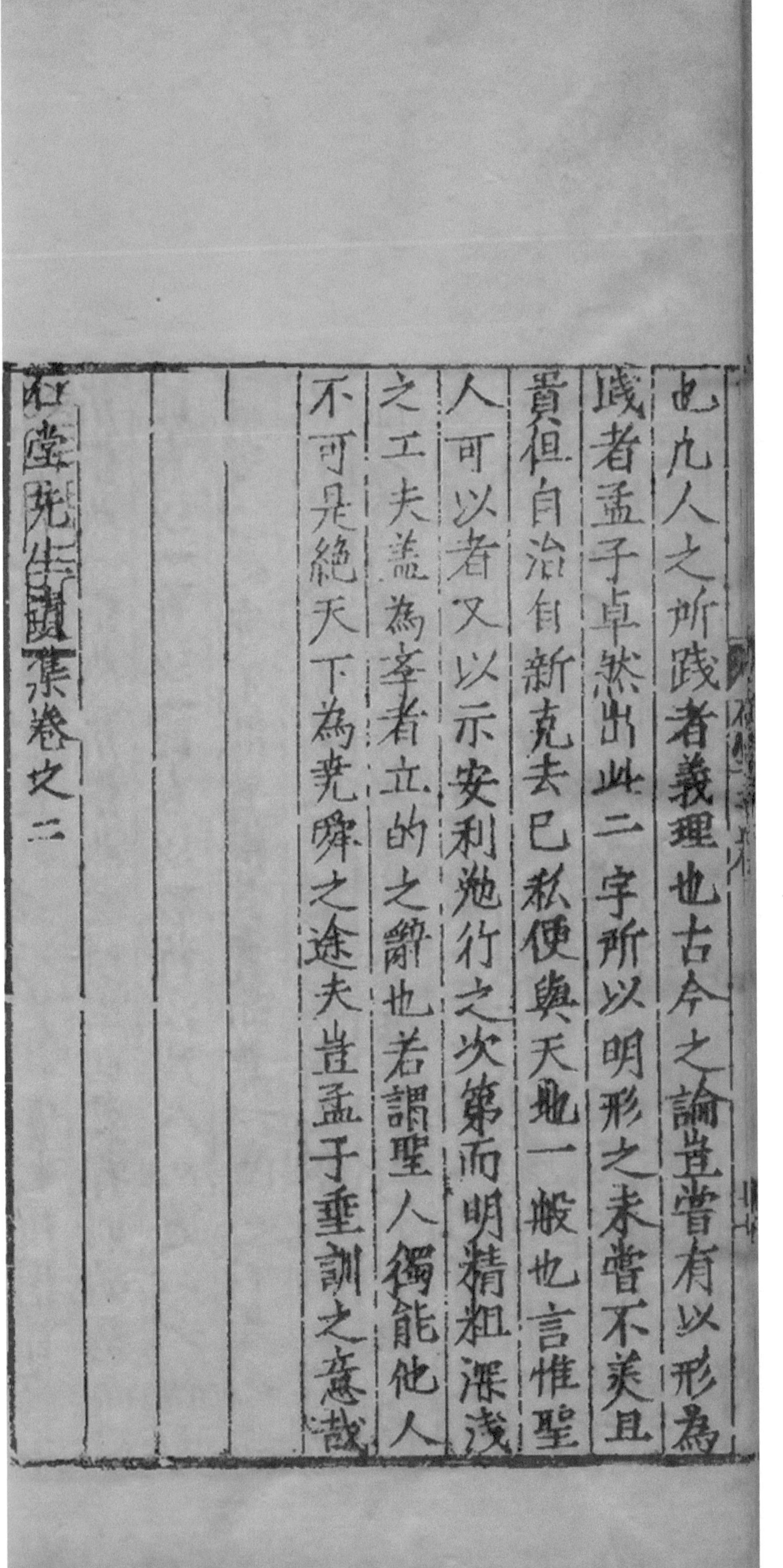

也凡人之所踐者義理也古今之論豈嘗有以形為
踐者孟子卓然出此二字所以明形之未嘗不美且
貴但自治自新克去已私便與天地一般也言惟聖
人可以者又以示安利勉行之次第而明精粗深淺
之工夫蓋為宰者立的之辭也若謂聖人獨能他人
不可是絕天下為堯舜之途夫豈孟子垂訓之意哉

石堂先生遺集卷之三

宋寧德　陳普　尚德

講義

易

大哉乾元萬物資始乃統天雲行雨施品物流形大明終始六位時成時乘六龍以御天乾道變化各正性命保合大和乃利貞首出庶物萬國咸寧

天之於物萬化一元聖人之於天下萬事一心天以道為元故動而萬物各得其所聖人以天之元為心

故行而萬事皆得其理萬人皆得其性此乾彖傳之
大意也乾元者天德之全體四德之主萬化之府也
大哉歎其無所不包資始資之以始也資如本根憑
藉其出無窮萬物資始者萬殊一本淵泉時出曲成
而不遺也統天者萬化皆統於一元也雲行雨施品
物流形亨也雲行雨施動之初也品物流形静無而
動有素具之定理散而為各異之定体也品者各從
其類各有制度法則不相亂也大明終始以下三句
言聖人之元亨大明終始者盡得乾元之全體也大
明其終始則見卦之六位各成於時而無或先或後

各得其中而無或過或不及蓋全體之中衆體皆具但不得其體之全則不見其用之備惟盡得其全体之始終而後見其六位之各一理聖人之元也所謂大明亦以知而言非知之至不能行之盡也時乘六龍以御天知而後能行也乘猶及也不先不後無過不及也六龍即六位時乘六龍者當其時則盡其義明彼即曉此得其一則其他舉而措之不待區處安排也御如臣御君幼御長安其行而致其至無或傾倚危敗阻閡不行也蓋天無在無不在時之當然即天理之當然也及其時而不先不後無過不及則天

理流行無有壅閼如乘車之人得安其行而至其所
往皆御者之功也此聖人之亨亨者流通而無壅閼
之謂也雲行雨施品物流形不過一元之用流行而
無壅閼爾乾道即元變即雲行雨施化即品物流形
轉元為道又以見元是道之全体不但完合無缺而
實大中至正之全體也惟元為道體故流形之類各
得正其性命群分類聚異形殊制而各得道義之當
然理性之素定大和即元也保如保保赤子而無傷合
如合一家而不隔蓋惟各正其性命故無相害而全
体無所傷無他物之雜而全体無所隔苟有過與不

反或容一外物於其間則必交相傷害有雜而不純有間而不通如過愛之害仁過剛之害義異端之害正道小人之妨君子敗類圯族而体用皆滯矣但合二字最宜詳看會得此二字則私欲異端一毫不可容容以一毫則皆大和之禍賊西銘所謂害仁曰賊是也譬如唐虞之朝容一鯀四君子湯中着一片烏頭無病之身而傷於過中之喜怒失節之飲食或受邪氣之攻遭癰疽之結則四體皆為之不寧矣異端邪說在天下政為此學不講居變理之位者不知其為害而以為可容也利者義之和也貞正也萬物各

正其性命於元之全体無傷無隔乃天之利貞也首出庶物萬國咸寧古聖人之利貞首出庶物非但以位言亦惟純乎天德而常伸於萬物之上也雖以人欲則屈於萬物之下矣聖人之心純乎天德則其用之見於天下即乾道之变化自然萬事各得其理萬人各得其性而萬國咸寧咸寧者即保合大和之謂有一事之非理一民之不得其性則有傷有隔而不可以言咸寧矣此聖人之利貞不過体皆天德用皆天理能使天地間各得其所而已此十翼篇首至精之義而其精意在保合二字明此則私欲異端毫釐

不容而可以居道揆之位明於經邦燮理之事矣

或躍在淵進无咎也

此爻之義是為九進而居上有位者立萬世之敎自一命以上至為大夫為諸侯為天子皆當知此義不然必將以位為樂以冨貴崇髙為巳有驕矜淫溢患得患失曠官廢職累悪積釁皆由此而生矣夫位者天之所設所以宅百工而理萬務非徒以冨貴天下人也聖賢君子進而居之惟失職曠官是惧豈肯以為巳物負恃執持而不肯釋去者哉是故古之聖賢其未達也安貧守約蕭然陋巷之顔若將終身及其

逹而在上則兢兢業業念其所職者何事而必求所以盡之若夫天子宰相之尊萬乘千乘之富其於吾身漠然無與恭己南面之舜即前日躬耕歷山之舜初無一毫增加相湯伐夏之伊尹即往時負耒莘野之伊尹亦無一毫變異也蓋不如是則以崇高富貴為己物以崇高富貴為己物則驕心生而淫縱之患失患得之心生而繁思皆非萬事悉廢矣其為過咎患害豈小小哉故聖人釋乾九四之義曰或躍在淵進无咎也躍進也九四初去下体入上体在龍則躍出於淵在人則始進而居上之象也或非必也躍不

躍聽之時而不在我也在者不離之謂淵者龍之素
也躍聽之時而在我者惟知守其在下之素而不離
焉中庸所謂國有道不變塞孟子所謂大行不加即
此義也知此則得免於咎何者富貴崇高咎之府也
處富貴崇高而常安其貧賤卑下之素其所以處之
者一惟其職之憂其事之敬而於一家一身悉無與
焉則驕不生淫不萌得失之念不起當為必為不得
為必去而咎可以免矣此聖人教萬世之辭深慮百
工庶績之曠廢富貴崇高之搖奪自堯舜禹至周公
孔顏孟子常守之後世君臣絕無曉會講明所以萬

事皆廢而有位有職之人無一不負天下之責也

坤

近世老儒有言乾者天理也坤者順此天理者也坤者順之綱領其下六十二卦順之節目也此語非有得於天地之道聖人之學不能道夫乾者徤也徤之云者豈止於一日一周萬古不息者哉天專言之則道也道也者萬古不息無頃刻之間斷夫是之謂徤也坤者順也順之云者豈止於順承天施無成代終者哉乾者不息之天理也坤者順乎天理與之不息者也夫是之謂順也六合之中萬古之內性一理之

流行天者理之全體而坤者順理之首也六畫皆柔
非無剛之謂蓋一於順而無所違逆之象也故曰夫
乾確然示人易矣坤隤然示人簡矣確然者理之體
眞至精堅所謂誠者天之道也示人易者无爲自然
可知可行而不勞智力者也隤然者傾心一意有順
無違如赤子之慕母貞婦之從夫流水之就下示人
簡者萬物皆順但守一順自無不成亦非有智力之
勞作爲之費也確然者實理之定形隤然者順理之
至意也確然者萬古不易隤然者萬事不違也山川
海嶽之流峙草木禽魚之動植水火金木之剛柔父

子君臣之上下礼樂器用之多寡小大其形体性情
位分度數声色臭味皆生於地而其各一當然之理
則天之為也理出於天而地則一一順之者也其中
正宜利不偏不倚不勞不費皆出於天而地之所為
不過無一毫之咈而已夫是之謂坤也地法天人法
地故乾之卦辭止於元亨利貞而坤之卦辭則有君
子有攸往以下示人當法地也人之法地者無他亦
惟事事順理而無所咈爾先迷後得西南得朋皆順
理之謂也順理則為舜之無為而治不順理則為鯀
之方命圮族故曰乾示人易坤示人簡示之云者四

時風雨霜露無非教也夫乾坤易簡豈徒為天地之

已德哉皆所以教人爾示而不知教而不受則西銘

所謂違曰悖德也可不懼哉

海惟讀此真如父師臨之在上人可

不順理而行而為天地之悖德子哉

坤元亨利牝馬之貞君子有攸往先迷後得

主利西南得朋東北喪朋安貞吉

乾坤易之門二者相對待深求其故則坤於乾猶月

之於日也月之光受日以為光月之行不當日之道

故乾資始坤資生乾以君坤以藏乾知太始坤作成

物乾主道坤主事乾為聖人事坤為學者事橫渠張

子云地對天不過謂此也坤卦辭乃可見乾卦辭四字而止至坤則益以牝馬二字其下復承以六句諦觀之便見乾太坤小乾尊坤卑乾逸坤勞乾者道之全體坤者順承乎乾而致之萬物者也嘗聞漸東俞公點翁云乾者天理也坤者順此天理者也坤者順之綱領其下六十二卦順之節目此說甚好非大觀實見不能道君子有攸往以下先輩却都未消詳盖坤學乾者也君子之學學坤者也學坤則得乾故聖人既立卦辭然後別起新頭截然六句為學易者之律令則例坤順也必有所順所順乾也維天之命於

穆不已乾也率性之謂道坤其首也元大亨通利宜
貞正固也乾之大通其宜在於正固坤之大通其宜
則以牝馬為正固別於乾之辭也馬性順而健行坤
順承天而與之無疆故為馬至柔大順不雜乎一毫
之剛戾故為牝馬是乃坤之貞也乾以至剛為貞坤
以至柔為貞蓋雖柔体而其所以順乎乾者誠一悠
久無一毫之拂戾無一息之改移乃至剛之德也牝
馬之貞坤而乾德也如栢舟從一雖曰陰體實陽德
也謂坤學乾於此可見君子有攸往以下學易者之
事學坤則得乾故於坤發之而六十二卦之義皆在

其中往行也凡有所思慮作為用心用力舉足下手皆往也先者道理時勢未然而先於我也凡設心造意不問義理時勢而以私欲己見行之皆所謂先者也便是一箇已字意必固我皆從此出而不當行而行不當止而止不當久而久不當速而速是也後者道理時勢既然而從於彼也凡正義明道隨時安命不以己見私欲參乎其間皆所謂後者也用之則行舍之則藏因物賦形以理裁事是也迷失也迷猶迷塗得猶得路先則迷乎牝馬之貞後則得乎牝馬之貞先迷而後順也順理之為坤人之舉動順理則得

踰不順理而以私欲行之未有不迷塗錯路卒於無
成者也周子曰邪動辱也甚焉害也故君子慎動此
之謂也利宜天理人心之所安而無不可之謂也利
字自孟子以來為不善之名孟子以前即義字宜字
體貼所謂利用厚生利者義之和子思所謂利之者
也何先何後何失何得惟主於宜而已能審其宜而
從之即所謂後得也徒知先迷後得而不察夫天理
人情之宜則亦何所準的哉無適無莫義之與比主
利之義也西南坤地乎易東北艮山險阻明與也得
朋者倡之而應導之而從加之而受喪朋反是蓋義

理者人心之同然順理者衆之所歸不順理者孤立於天下順理之極凡有血氣莫不尊親不順理之極至為獨夫而無所容其身故後得之道惟主於宜肎謂之宜易簡而已易簡則有與險阻則無與有與是為得無與是為迷自君子有攸往至此一步深一步蓋利者後得之凖的而易簡者又利之凖的至易簡而止矣故曰易簡而天下之理得矣天下之理得而成位乎其中矣君子之道惟欲向不勞心不勞力處苟至於役精疲神則雖或有成而終不可與入堯舜之道雖手足胼胝之勞如禹稷禪讓放伐之大如堯

舜湯武羑里陳蔡之所如文王孔子之所處皆孟子所謂行其所無事者無事則順理矣順理則坤坤則乾矣安者安定悠久無所轉移之謂安於牝馬之貞而後為坤德不安亦非所謂牝馬之貞卦辭甚備學易者明此則得其要領矣

屯

得其道而復一於道則其功用與天同矣道者正理得其道則正一於道則純乎正夫茍純乎正何事之不濟何物之不成而何往之不至哉是道也天道也人而得之則與天同矣屯之彖曰大亨貞雷雨之動

滿盈貞正也易凡言貞皆正也而乾之貞聖人加之以固乾者六十四卦之首言貞而加以固則所謂貞者不止於正必兼固而言之然後足以盡其義也無妄卦辭言元亨利貞而繼之曰匪正有眚殊正於貞者正止於正貞之為正兼固而言也故凡卦爻言利貞者皆利於正固不但利於正也是故屯之元亨利貞傳辭之大亨貞皆言卦有大通之道而其宜則在於正固正者道之體理之公而固則一於道者也一於道則純而不雜久而不息以此應物以此御世以處屯則所謂無不通而莫之禦不止於亨而且為

大亨也大亨者無不通而莫之禦也天下之事成與不成理之得失而已失固無成而得之不純亦不能有成也雖或小成而不可以大成是故貴乎固也固則無間雜而悠久悠久則純純則不惟成已成物至於成天成地亦無不在其中是蓋天理之固然非惟人道君道之當然也夫天之為天也純乎理而已雷雨者生物之大用而其所以生者純乎理也雷木氣也亦石氣也木其春而石其震也收於秋復於冬至發於仲春而行於夏皆理也皆理故能生物而先王以之作樂崇德而薦之上帝也雨水氣也坎體也坎

之位在子丑而二十四氣之雨水則始於寅者歷於
子丑而動於寅其動即其本之流行故坎之為雨無
不在也月令仲春始雨水者呂不韋之誤至漢初猶
襲之其後改之故律歷志以驚蟄為仲春雨水為正
月中至今而不改蓋動於寅者其理動於卯者非理
也動於寅者其理至卯則鼓之以雷亦理也雨仁也
雷勇也以雷行雨以勇行仁也是皆理之所在也理
則正也其有常則固也其得時中節正也常得其時
常中其節而不愆不忘則所謂固者也若夫冬雷濕
雨過時不雨若月令十二月之末之所記與小畜之

密雲不雨大抵人事之所為天之正固萬古而一日也其生物成物至於無不生無不成而為大亨者無非正固之功是故屯之動滿盈者正固之所為滿盈將以大亨其所以然則正固其本也屯者盈也滿盈者其氣之動充滿天地之中但坎猶在上而未沛故不為解而為屯然既滿盈則終於作解故為元亨而傳云大亨蓋卦以二陽為主震陽得其正坎陰得其正而復得其中正而加之以中則堅固不可奪無雜無息而其動自滿盈其理其勢終至於大通而不終於屯也故曰大亨貞雷雨之動滿盈貞正固也二陽

之德正而固則一動而充滿此天道也人事君道亦無不然聖人之辭一天人而言也易之為書也乾坤其門而乾又其首乾之用成於元亨而結之以貞蓋正固者天下之大本非正固不足以為元不能為亨為利也文王周公孔子之辭六十四卦言貞為最多大抵主於正固而已不正無以立本不固無以成功正而能固則與天地同體而無所不成君道以此為要而凡學者皆當以此為學也

六三勿用取女見金夫不有躬無攸利

天地之間惟人為大靈於萬物列於三才不過一身

脩己道充德備達則位天地育萬物行日月晏河海
廸三綱五常於一時垂萬法百行於後世以之治國
家平天下者此身也窮則守先王之大道立天下之
正位不枉己而徇人不隨世而取好居仁由義誠意
正心三省之常四勿之目謹而勿失與道同歸亦此
身也雖出處乖合之時不同而所行之事所操之節
惟以淑其身而為聖賢君子之流則一也身之所關
如此之大所及如此之廣隋珠豈可以彈鵲千鈞之
弩豈可以鼷鼠而發機哉故古之聖賢教人以敬身
為大誠以人莫大於身身莫大於敬身為萬物之大

而惟能敬其身則能先立乎大而其小者不能奪也
敬之有要心之官則思思之而後能敬之耳目者徒
爲交物之具惟心則能思思也者吉凶得失之機也
思之則能有其身矣思之如何物有善惡事有是非
耳目不能辨而心則能見也但能忍其耳目之性動
其義理之心耳目之應酬交接而心思常主乎其中
則外物不能奪目之所見心常隨之耳之所聞心亦
隨之目之視欲也而心之視則在理耳之聞邪也而
心之聞則在正耳目欲隨物而去而心有主則常明
矣是非善惡撓而回之以適於蕩蕩平平之正路當

是特也豈不卓然君子千金之軀天地之性豈不完
全光絜而無忝爾所生哉夫人之一身得於天地出
於父母貴重尊榮誰不知愛卑賤恥辱誰不知惡寒
而衣之饑而飽之保護扶持惟恐失之原其初心無
不同也而每每失之有不止於徙宅而忘其妻者耳
目之欲張而心官曠其職也擾擾汩汩惟利是趨昏
昏茫茫視身如罔夫徙宅而忘其妻可謂忘之至矣
乃至於見利而忘其身何哉心不在焉故也心之不
在其忘乃至於是豈可不痛念而亟反之哉思之則
以心御物不思則以物交物以心御物則操而存以

物交物則引而去失苟引而去也身不期棄而自棄不期賤而自賤虎狼水火在前亦有所不知所避矣何止於棄且賤哉蒙之六三深懲此弊故曰勿用取女見金夫不有躬無攸利夫躬者已之有也至於不有之者心思之不加而所見惟在於金夫也上九正應也棄之而比九二之陽剛是惟見金夫之富貴若豫六三之盱豫也見之云者耳目所在而心不在焉者也心者性理之郛也舍其心而惟耳目之欲故惟見金夫而不見其身之可貴巧言令色脅肩諂笑曲有豐類之態不期而自生至貴至富至尊至榮天地

父母之身不期而自棄其志在於乞憐媚竈而不知

九二之剛直正已標而出之大門之外矣無攸利徒棄其身而卒於無得也心官之曠其為害豈小小哉

无平不陂无往不復艱貞无咎勿恤其孚于食有福

无平不陂無治而不亂也無往不復無小人之去而不來也此道之必然有非人之所能止者然人自有人之道故其處此雖艱難正固而得無咎孚者天道之必然也勿恤其孚者勿憂其必然而惟盡吾艱貞之道則雖不能大治而已之所食亦當有福也此義

後世如諸葛孔明似得之天下之生久矣一治一亂
理之常也氣數之必然理勢之必至雖天地有所不
能已者然而天有天道人有人道天地有寒暑晦明
而人無時不以生物為心故常守道盡心而聽其成
敗於氣數以諸葛孔明之智豈不知漢不可興而況
於先主殞殂関張不幸天時事勢盖亦可知然先主
之知遇不可以不報吾身禀受不可以不盡故盡其
勤劳忠正夙夜不寧此得於所謂艱貞无咎者也漢
室不興必然之理義所當盡竭力不辭至謂鞠躬盡
力死而後已成敗利鈍非臣所知知則勿恤其孚也本

之區區之蜀亦以孔明之忠勤足天下四五十年亦豈非所謂于食有福者耶道無今古人心常在苟有聰明睿知之資雖未讀書自能暗合而天道未嘗不與之此最可見

初六謙謙君子用涉大川吉象曰謙謙君子卑以自牧也

天地間事事物物皆自小而大自下而上自內而外先退而後進主靜以待動故天不地不能運春不冬不能生晝不夜不能明故曰坤為柄又曰謙德之柄也柄猶本也天以地為本人以謙為本也謙似易而

實難故曰謙謙君子用涉大川吉而傳曰謙謙君子卑以自牧也山在地中高而能下謙也初六以柔居艮之最下在一卦之底謙而又謙者也君子之學非謙而又謙不足以為謙蓋人之患莫大於一簡矜字一毫不可有一息不可容雖賢者不能免雖力除痛抑循或不能盡去故必謙而又謙而后能一於為己詳於省察克治之功苟或不然則游心高遠放志安逸迷於省察克治而德日退矣夫唐虞三代之功未有大於禹者十三年于外三過其門而不入平水土別九州修六府治三事拯一時之昏墊開萬世之業

衆而舜稱之曰不自滿假不矜不伐孔子稱之曰卑
宮室惡衣服菲飲食夫功如禹其自處若是則下於
禹者當如何舜大聖人而益戒其逸樂文王大聖人
而曰望道而未之見孔子如日月如天而自以德不
脩斈不講聞義不能徙為憂德盛則常見不足此固
聖人之常然有一毫自謂已聖則不足以為聖人矣
然則聖人之謙乃當然之事于時保之之意非過分
之畏謹而姑為此以教人也聖人猶然況斈者乎此
謙〻之教所以詳於易謙〻者謙而又謙百倍鞭辟
盡理窮源之斈也顏子三月不違仁而其言志則曰

顔無伐善無施勞夫伐善施勞顔子無之久矣而猶
顔其無焉則自見其有未盡處也故曾子稱之曰以
能問於不能以多問於寡有若無實若虛犯而不校
而曾子之自用其功亦以顔子爲法日省其身專用
心於內惟恐有少過焉所以一傳再傳而其學無弊
者所謂謙而又謙者也顔曾之下惟漆雕開子夏二
人庶乎此漆雕開抱可仕之才夫子以許之矣而自
謂吾斯之未能信子夏之才似欠展拓而用功於切
問近思之學考其用心皆欲反觀內省盡理窮源求
止於至善之地若夫子張之堂堂務外則同門朋友

名不許其仁蓋務之一字莫大之病非用力如顏曾
二子不能去其根也易三百八十四爻以柔居初多
不善惟謙初六最吉蓋以柔居一卦之底所謂盡理
窮源而極其謙則常見自己之不足而無自止之心
念念為已學問思辯有不善未嘗不知知之未嘗復
行省察克治存養之功深至精密則其身立於寡過
之地無行而不得無施而不可雖履危犯難而无咎
故曰謙謙君子卑以自牧也牧如牧者牧牛羊人君
牧民所牧者肥瘠盛衰得所失所監守察視莫非其
職自牧者以已牧已即曾子日省工夫大學所引顧

誕天之明命晦翁所謂常目在之者也人之一身衰善常易去惡常難物欲之攻日以千萬非日省而常目在之則其本然之靈明純粹日奪於外物而不自知然非力去矜心一於務內者不能見其有無存亡之處故自牧工夫非謙而又謙不能也大抵學問無窮義理無盡自卑則於外常不顧自高則於內常如罔自卑則惡日消而善日長自高則德日退而業日荒矜之一字一毫不可有一息不可容也書言王季克自抑畏衛武公年九十而作抑詩者鞭辟近裏自卑自小之謂詩之抑即易之謙卑之抑抑即易之謙

謙也古之聖賢常如處女而秦漢以來之士有微功小技則挾之以自滿此其心術胥壞而其所就亦不侔矣吾黨以聖人為期以漆雕開子夏為入道之門積德之基庶無愧於為己之學

謙謙君子卑以自牧也

謙謙者謙而又謙亦若詩之抑抑言抑之又抑也人欲雖除虛氣易長故必謙而又謙而後為謙抑之又抑而後為抑與程子所謂已者我之所有雖痛舍之猶懼守已者固而從人者輕意同謙抑之道雖痛加退約猶恐其矜心未忘驕氣或生也牧察視也如牧

牛羊心目常在之視其肥瘠察其饑飽究其安危利病考其存亡消長而不使之有一失也自牧者自察視其身亦若牧牛羊然若湯之顧諟天命曾子之日三省子夏之日知所亡添雖開之內不自信皆其事也然此事惟謙謙君子而后能之才有些矜心驕氣便放蕩昏忘蓋惟謙謙則常不暇於外而急於内常見自己有不足有當脩所以能不住照管檢點少適苟有矜心驕氣則心多在外而不在内身中有失亡欠缺往往迷而不知若罔人然辟如牧者心志飛揚日恃塞以嬉所牧之牛羊安危存亡不暇究知雖盡

志之亦有不及知也

隨

易六十四卦有小有大然自乾坤泰否咸恒諸卦之外莫大於隨故曰隨時之義大矣哉豈惟隨之義大坤即隨也易首乾而隨以坤隨之義未見於隨而先見於坤盖天下莫大於理理莫大於時萬物萬事各有其理理各有其時故君子之學主於明理明理主於隨時隨者隨時而已時之所宜天地鬼神亦隨之而於人如宜寒而寒宜暑而暑宜晝而晝宜夜而夜宜角而角宜翼而翼宜蘖而蘖宜花而花宜生而

生宜殺而殺大抵時常在先而化工常在後物常前
定而造物常無為所以化成萬物各正性命無或失
其理者聖人亦然伏羲畫八卦造書契神農教耒耜
起醫藥黃帝分疆畫井造甲子教五兵堯舜之禪讓
湯武之放伐三代之文質三統與夫文王之服事殷
孔子之用行舍藏作春秋係周易顔子簞瓢不出孟
子轍環諸侯皆所謂不先時以開人各因時而立政
者也故曰文王陟降在帝左右帝即天理也在帝左
右者隨時而不違理也皇帝王之道皆然故其損益
不同而同歸于治不失乎時中故也禹之治水隨乎

水也因地形視水勢行其所無事而水自入於海故
禹貢之首發其大義曰隨山刋木奠高山大川盖水
之在地即血脉之在身其經絡道路皆已前定而其
性常與山相得故出以山而行亦以山雖入廣野大
荒而常與山相顧不捨故禹隨山以相水其經絡道
路已定於胷中故其用工如庖丁觧牛鯀則不然不
視地勢之宜水性之趨而以己意紛亂其間堯曰鯀
方命圮族箕子曰鯀湮洪水汨陳其五行方者阻閡
不行湮塞汨亂也皆不隨也不隨則為鯀隨則為禹
善惡理亂豈有他故哉孔孟上接五三下開萬世其

大義不過時中其指孝者之病莫病於巳而其示孝者入德之方莫要於恕蓋一事一物之理皆素具惟無巳者常隨時就宜而無所鑿有巳者不隨其定理而以巳私亂之當然而不為不當然而妄為及其終也不勝其害也恕者舍巳去私度物理事勢之宜而隨之彊而行之可以至於仁焉此學者處巳接物成巳成物之要道也故曰違道不遠求仁莫近焉隨之義為卦釋者以女從男澤隨雷為義非其要也隨之義夫子傳辭首句所謂剛来而下柔是也隨者否之變也康節蓋嘗言之否卦剛前而柔後剛而為天下先

凶之道也是其所以否也龍無首吉謂不為天下先則吉也隨者否之前一陽反而隨乎陰之後此不為物先舍己而隨之之象也故為隨〻道甚大故卦備元亨利貞四德而夫子賛其義曰大矣哉葢舍己隨物則萬事萬物各得其所而成中和位育之功故曰乾坤否泰之外莫大於隨也其義已備於坤何者乾知萬物之太始而坤隨之而動故曰坤順也順者順天而動不先而後之也卦辭曰君子有攸往先迷後得君子法坤者也先者物理未然而作於我也後者物理既然而隨於彼也先則迷失而後乃得之迷猶

迷塗得謂得路指人物之所常行而言人之所常行在於順理任時而不可以已私參之也故曰坤即隨也學者觀隨之四德與乾坤同則知隨之卦為大君子之學莫要於順時視理孔門之敎莫大於時中而其方莫先於恕矣或曰先天而弗違豈所謂後得乎曰聖人之所為有先乎天者亦視理而動爾視理而動則雖先天是亦後天而已

蠱隨

蠱是人心内壞人心内壞則天下事繁多故為事治蠱之人幹蠱之子是内不壞者上下皆壞而獨不壞

蓋天之所儲以為治壞之用如田豕有虎家鼠有猫風濤有舟疾病有藥晦冥必留日月陰雨必儲清風此皆天地之不能已也蠱有元亨之道蓋以此也內不壞則實故能幹如松栢為棟梁堂室未搆而本先立內壞則是朽木為柱目前可支撑而終於傾覆耳不事王侯高尚其事亦是內不壞者當蠱之世而猶有此人亦所謂天地之心亂世而無高人天理滅矣高人者亦所以動天地之心而起其遷善之机也皆天之所置也幹蠱是有責有位者高尚是無責無位者各盡其道行其志也隨是陽来居內人心內實而

本根端正故天下事可以順理成功所以有元亨利貞四德也

復其見天地之心乎

天地人物千古萬古常如一日者一生生之道潛行乎其中而為之主也無象之前陽含於陰有物之後陰分於陽生者陽之性也陰陽二氣也而陽常為主故地與人物皆統於天而四時之行本一氣之動靜觀冬至一陽動於眇緜絲忽之中而一歲二十四氣之行皆自是而起雖夏至一陰之姤與冬至之復相對然不過是陽之極盛不可太過以漸退藏收斂結

求而遂成陰體爾陽非陰不成物非寒不固晝不可以不夜暑不可以不寒至於肅殺之極則生理似幾乎熄矣故於夜半陰盛而旦之氣潛萌乎其中冬至寒盛而春之端兆動乎其際純坤以養之沍寒以固之出入无疾虞其傷也朋来无咎開其路也當此之時造化之意如救焚拯溺如保赤子如牛羊飛鳥嫗字后稷所謂滿腔惻隱者也夫子所謂天地之心緣此立言盖深有見於天地不息之情與夫保護微陽之意盖六十四卦之幹而萬化之本也四時萬古生生之道無一日息而當此時生之意為獨盛生之理

最可觀昭昭之多緜匕之細而其中皆濂溪窓草之意宛然而可愛藹然而可掬天地之情若人然也心生道也人之主也天地無心而當此之時一片惻隱不可撞觸是天地其形而人其心也此不惟可以見天地之心又可以見人之心人之所以為人於天地之中者惟一不忍人之心聖人之所以為人之主者亦惟以不忍人之心行不忍人之政而已所謂不忍人之心者冬至一陽是也故礼記以人為天地之心識人天根者一陽之復先天圖起處也乾居午半而康節先生之詩曰須探月窟方知物未躡天根豈

生於子半之復康節謂復為天根人者滿腔皆惻隱
者也得於天根之意則知人之道矣康節雖有弄丸
之過而此一句則深有見於聖人之道天地之心與
人之所以為人者非漢以來諸儒之所及也嗚呼觀
此則世之寘遴無覺見人之痒痾疾痛而漠然無所
動乎其中者亦獨何心也哉形存而心亡吾不知其
故也雖然天地以生物為心而未嘗不循其理生之
心雖切而未始不及其時故陽之反復必以其道而
來復之期必以七日然後繼之以利有攸往不然徒
有生物之心而不循其道之當然不視其時之可否

則反傷於躁雖得仁之惻隱而失於義之宜礼之遜
與智之是非矣四端失其三而得其一亦非所以為
心者也識天地之心而兼明於天地之理斯可以言
易矣

天下雷行物與無妄先王以茂對時育萬物
物與無妄者雷行無妄之行物應無妄之應相與為
無妄也雷行者誠之動物應者亦誠之動雷之鼓奮
動厲物之發生條暢皆誠之通是相與同為無妄也
時即雷行之時雷行以時所以為無妄不時則妄矣
對猶相應相準先王見天之動無不時故其動亦以

時常與相應相準無有差忒所以事〻物〻各得其所此便是先王與物無妄其用功在茂字上茂盛也大作規模廣布根脚立志盛氣力行勇往不係縻於私欲不撓奪於外物亦如雷行時至則發無或留滯所以動合天時事皆天理无有間隔牽制而治功克成大抵人之行事最患規模不先定根脚不廣濶志不立氣不勇一為私欲所制則便局促淺小遲留底滯不能伸於萬物之上而常屈於萬物之下天理未嘗不昭〻在事物上而志帥不立有退無進雖或見其錯繆紛亂曠失廢墜終於懦弱苟安棄置不為惟

聖人之行常如天之雷動天之動皆無妄也而雷之動尤可法雷者天之勇氣也春為天之仁氣雷為天之勇氣以雷行春以勇行仁也勇則無間隔無牵制所以流通周徧無物不生聖人之動亦是以勇行仁蓋其志帥無所撓奪則規模根脚自廣大深遠氣力日強盛私欲外物毫髮不留天理之行沛然無礙而事々物々無不得其理也

姤

陰陽循環動極而靜々極復動今又動極而靜生矣卦已成乾而復姤矣姤遇也以一陰而遇五陽以五

陽而遇一陰一陰輙来遇五陽可以見其悍鷙果敢
有不可禁制之意故曰女壯勿用取女以五陽而遇
一陰則是君子方盛之時卒然逢一小人来入於内
衆皆以為憂故晦翁詳其義曰以其本非所望而卒
然值之如不期而遇者故為遇盖憂之之辭聖人崇
陽抑陰為君子謀不為小人謀於此可見註疏以来
多以大象釋卦名覯此二卦又可以知其本義之不
然何者復之為復其初不以雷在地中卦已成名已
立而后見其然姤之為姤其初亦不以天下有風亦
卦已成名已立而后見其然雷在地中於復義尤為

切天下有風於姤義則微矣若以天下有風無物不、遇為姤則風行地上豈有不遇者乎彼為觀姤既立衆義畢備而古人先取其明且重者立名名既立而爻求之卦中皆其義此天地自然之巧也是故復本以一陽復生為義毋求之則為雷在地中姤本以五陽遇一陰為義毋求之則為天下有風雷在地中亦復之義天下有風亦姤之意而非命名之本義也先儒多泥天下有風之文謂成卦由於大象求卦義多寬緩不深切而天與水違行為訟地中有水為師地上有水為比風行天上為小畜之類皆寬緩不深切

以為有訟師小畜之意則可以成卦立名本由於此
則不可也夫子大象是就卦中別取出又為君子行
事六十四則盖備六十四躰之義以示人引而伸之
觸類而長之之意也若謂成卦立名本由於此則六
十四字而五音十二律之名不同而寛緩以求之則
天下有風與風行地上何以異澤上有風與風行水
上無以別矣如山附於地豈有剥落之義山非地何
所附地不厚不能載華岳盖[illegible]下安上之象伊川拘
於二体遂以山附於地為山之頽圮附着於地為剥
落之義不知卦体所該甚廣卦名有吉凶而吉卦或

有凶象凶卦或有吉象如姤本憂卦而曰天地相遇品物成章否本凶卦而在先天則為天地定位夅易者要圓活執一不可也然亦順其理勢之自然皆卦中之固有而後可或展轉穿鑿得少形似而遂以卦義爻義專在於是則險阻奇僻之論非虛心平氣之夅也夫子之黜八索意正如此夅易而不本於易簡則先失其旨矣何以言易哉

井改邑不改井无喪无得往來井井汔至亦未繘井羸其瓶凶

井者人之本德之地也卦自泰來改坤土為坎水為

邑遷井不隨之象所謂不易乎世者也世變之陵谷不常習俗之好惡亦異而君子之所守不可拔武王改商為周伯夷死守君臣之義其最大者也戰國很吞之日孟子確守王道劉項虎戰之餘兩生不枉礼樂荃蕙化而為茅而屈原之初服雖九死而不悔改邑不改井也改邑不改井則其本者常存道統在焉天地賴以立人類賴以生其所關非小也無喪者汲而不竭溥博淵泉而時出之蓋其本深故其用無窮澤及萬物而在我者無一毛之損如太極散為萬殊而本體渾然不息其動未嘗不靜也得得也井道有

出而無入物得井而井無所得君子之用國家民物
咸受其利而於我則漠然無有富貴軒冕一皆外物
不足以動其心如舜為天子利澤遍四海而舜之為
舜故歷山之野人也四海之富天子之貴於舜何有
故曰有天下而不與不與[illegible]與己無干涉於我如浮
雲是也往舍而去也來々汲也井々自若之謂用舍
向背聽其在人而已自若也汲不汲在人而井不變
其井用不用在時而君子不變其素無喜無慍不加
不損所性不存焉是也汔至幾至也繘缶至水而不
墊與未入井同君子之用舍成而廢之與不用同

子之道已行於魯而敗於女樂紀綱規畫一旦而壞
汔至亦未繘也瓶汲具也君所以用賢瓶所以汲水
瓶弱則井雖有水而無如之何君弱不足與有為則
君子雖有道亦無如之何矣羸者弱而墮也不能自
強怠惰廢棄之謂如齊景公不能用孔子而孔子行
不曰瓶羸而曰羸其瓶謂自棄者自棄者不足與有
為即羸瓶之凶也

九二鳴鶴在陰其子和之我有好爵吾與爾

靡之

古今天下凡幾人世故凡幾變而天之在人未嘗息

孝子忠臣貞女烈婦友兄悌弟內自中國外窮海表日月所臨舟車所至凡有血氣具人形者莫不有是心也其甘之若芻豢眷之若金玉白刃不能奪烈火不能脅而非有所驅使敦迫亦莫知其所自來也有文王而不興無文王亦不能亡是何故哉人者天之所生也天之於人無所不到未有有於此而無於彼亦未有厚於甲而薄於乙者立天之道曰陰與陽立人之道曰仁與義人而無仁義之心是天地而無陰陽之性也是故有生斯有心有氣斯有理有物斯有則有靈斯有覺生同而理不均形一而心獨異者未

之有也故謂之秉彝乚即仁義之常秉者固執不舍
患難不棄之謂也古者聖君賢臣日用於是天下之
人亦共由於是而不知惟夫行之不著習之不察乃
過不及之所從生故其君臣上下秉明見而懷遠圖
者其議論講明每以天命之一原為萬事之大本若
所謂道心所謂民彝所謂物則所謂天叙天秩天顯
天明凡詩書中所論感應導行有作必興無種不生
之理若所謂黎民敏德四方風動所謂不距朕行罔
迪不適易之所謂聖人作而萬物覩聖人以神道設
教而天下服聖人感人心而天下和平六十四卦特

有中孚一卦而以九二一爻發其深意精義者皆所以明性命之自然定天下之中正後人躰認服行竟悟好楽而又不患於有時之或息中孚者信於心喩於四躰而莫知其然口有所不能宣耳有所不能聞也鶴鳴在陰其子和之我有好爵吾與爾縻之無有遠近幽深阻隔蔽障天命所在耳之各如絲蓁眷之各如金玉有感無不應有倡無不隨也兊為口巽者兊之反而向内向下者也卦雖内兊外巽徐察之則為二五相向故為鶴鳴子和之象鶴鳴二也子和五之五君位而為子和者但以同声同氣彼此内外相

應相求而言不以君位而言也子者至親至密一体
連氣以象人巳民物並生於天地本無間隔者也在
陰謂隔於二陰在陰而和者其志同也故曰二人同
心其利断金同心之言其臭如蘭鶴鳴子和者所謂
其臭如蘭在陰而和所謂断金者也誠信之孚雖金
城鉄壁不能隔萬里而咫尺胡越而一家也好爵中
也二五之所居所守即孟子之天爵程子所謂天然
自有之中也好者耳之若芻豢眷之若金玉膏梁文
繡魚以踰王公晋楚魚以易也二爻皆說体故云好
好者美而說之者也靡即縻也縶而不能去也執而

不能舍也所謂秉彛者也亦惟説之深故然也吾與爾靡之彼此人己同見同心莫知其所以然也此所謂天下之大本生民之日用四海而一萬世而同桀紂不能亡異端不能掩公孫龍之口不能眩項羽秦皇拔山之力不能加也古今天下有形有心其拳拳於此者多矣夫共姜之自誓宋伯姬之不下堂夏侯令女之自殘奉天竇氏二女之不辱豈非其所欲有甚於生而不自知其所從來者乎李思摩之顛沛萬里金日磾之卓然漢廷唐有海東曾子而呼韓邪單于有忘私憂國執礼知義之闕氏所謂魚閒者也貴

為男子而居詩書礼義之地者中夜思之足以汗下矣

易曰憧憧往來朋從爾思子曰天下何思何慮天下同歸而殊塗一致而百慮天下何思何慮日往則月來月往則日來日月相推而明生焉寒往則暑來暑往則寒來寒暑相推而歲成焉往者屈也來者伸也屈伸相感而利生焉尺蠖之屈以求伸也龍蛇之蟄以存身也精義入神以致用也利用安身以崇德也過此以往未之或知也窮神知化德之盛

也

天下何思何慮謂天下事物何待於思慮哉君臣父子日用飲食義理當然費若草木昭如日星匹夫匹婦與知與行之爽之秋亦不可棄與夫子天何言哉四時行焉百物生焉無行不與欲仁斯至誰能不由意同孟子所謂道在邇事在易道若大路豈難知哉堯舜之道孝弟而已皆此意也思者心之用也聖人不能無所謂何思何慮則以明夫道散事物具在人心非高非遠易知易從求之荒唐飄忽索之艱難險阻不若反而求之君臣父子衽席几杖之間既得此

實而且不劳也不費心思不煩智力奉目而在前一
蹴而可至此天命流行付與萬物平常正直之公躰
聖賢君子操持據守井美安樂應事接物之公法也
此為憧々往來者之多事發明易簡無為之本体以
為掃除洗滌之本也同歸殊塗一致百慮言感而遂
通之正千塗萬轍而其始終出入不出於吾心也豈
必妄走迷行凝氷焦火淵淪天飛而卒於顛倒奔敗
哉由此言之天下事何待於思慮哉善者人々皆具
而悪者卒無所逃豈待思慮而后明哉寂感一原天
下公器敬以持之直以養之則應物之際洪纖高下

沛然有餘何必自取多事使九疇萬類失其所哉稱
物之衡苟無素定照物之鑑非有本虛應接之時空
無根本是非之途茫無方向所謂憧憧宜其不種而
生所謂朋從亦無逕其不召而集今華有此一大本
領常為事物之主静無而動有体全而用利是豈可
不知速悔而亟反之哉憧憧往來康節邵子所謂閑
氣者是也或未來而迎或已去而將或先天而造或
后時而留或增多其本分或減剋其全体或曳奔牛
之尾或閉欲入之門或拔不長之苗或眩在山之水
或參致一之損或后定分之恒或問有孚之惠或蘂

无妄之疾或違天行之剥或晋日昃之離或急慾期
之歸或先巳日之革或蔽金夫之見或累小子之保
或壯于頄或咸其頰或健于趾或躁其腓或即无虞
之鹿或履咥人之虎或繫行人之牛或逐自復之馬
或見負塗之豕或封无血之羊或溺无禽之田或滯
觸藩之角意在彼則疑起于此見在西則不信其東
此憧々往來之繁皆人欲之為而非天理之事也聖
人閔惜之曰胡不覌日月寒暑之往來乎安得有如
許事哉相推云者安分守位相遜相讓而無陵奪妨
害也故明以之生歲以之成萬類得以發生有形遂

其性命盖天地間必得陽明而后有萬物必得歲功而后成生死循理順序則光明生而事功成矣人於事物之徃來心之動静多不循理而行之以欲不循物而裁之以已不奉天而為之以人若能以日月寒暑之徃來内以洗心外以理物則何患心之不正物之不成哉徃屈來伸復申以義理節度之當然是乃時中之道無過不及之理决不可以容私徇已相感者屈極伸來伸極屈生有相召致之理而其節度亦可見也利宜也義之和也各得時中之道則和于義宜于物不然則疑阻萬端而事緒多矣屈為伸本静

為動基故又以尺蠖龍蛇為言蓋動得其中則無害
於靜之体靜之体全則動常合理而周流精義入神
者感而遂通之時常不離其寂然不動之体動靜之
間靜常為主應感萬端而天理常流通也精者治擇
磨洗使無間雜精義依然是動時事入神者全其易
簡無為之本体也神也者有為無迹所謂利用出入
民咸用之者也入神者去其雜亂纏繞而純其疏通
流利之本体也体全而無害故用常周徧而不窮故
以致用致者推之無不到也利用者易簡和順而無
險阻結閡也安身謂不悖於天地不疑於鬼神仰不

愧俯不怍内不孜動不括崇德謂道術大定而積累
日厚也精義入神自伸而反屈致用自屈而為伸利
用安身復自伸而反屈崇德復由屈而為伸不過一
箇本立而道生至是而後憧〻之害朋從之擾攘脫
蕩滌心体光明端正所謂貞吉悔亡其在是矣過此
以往未之或知依舊與前兩何思何慮相應謂天下
之理不過如此此外憧〻不可曉而已窮神即精義
知化即致用德之盛言非一日之功不可以易言也
此章發明性命之全体攞落天下無纏繞使人心得
其正而事物皆得由於道始以理為主終以靜為宅

聖人洗心退藏於密不過如此有志於心學者所當深思也

涧惟文子三思即憧憧往来晦翁曰三則私意起即朋從尔思也吾輩不可無窮理主静之學

其亡其亡繫于苞桑

此義自漢以來皆未明蓋否卦全体之象至五而發之也桑柔木而多蠹虛苞苞之於內也小人在內與凡人內虛弱而不充實皆其象也小人之所以為小人不過如此其在內也亦由人主之心虛弱不充故為其所惑亂不過同是道心喪亡欲心為主小人之所以為小人人君之所以用小人皆以此也用之

之乂則朝廷蕩無紀綱庶官皆曠庶政皆廢家國虛空亦如桑象而夷狄盜賊强藩亂臣乘之其亡其亡謂凡所以亡繫謂總由之也亡之道不一而總繫于君心之内弱無主致小人充斥於内而家國空虛也此爻之義如此論始備大凡亂世君心人心天下事勢形樣皆同在心則為内柔外剛内輕外重内虛外實在天下大勢則為小人耗蠹於内君子閉塞於外朝廷中國之權輕於内而强藩夷狄之勢重於外治世亦然心則内剛外柔内健外順内重外輕内充實而外謙虛在天下則君子充實於内小人順從於外

朝廷中國之權重於內藩收四夷之勢輕於外泰否
二卦如此觀之乃盡

石堂先生遺集卷之三

石堂先生遺集卷之四

宋寧德　陳普　尚德

講義

書

曰若稽古帝堯曰放勳

曰若蔡氏以為與周書越若同稽古者虞史之辭也古者已往之謂此說曾經文公訂正不可易也堯名也三五相承淳質未变所謂堯舜禹皆名也曰者猶言其說如此總其平生終始而以一言蔽之也放至也意與去聲之放同盖展拓廓充極其所至而後止

曲礼所謂放諸四海是也勲功也凡為人必有事其
事必随其位而有所至而况於帝王之位中三極而
為之君天地間事孰非其事一物之不得其性一事
之不得其埋一氣之不得其行則是朕其事而闕其
功而有愧於其位矣堯之為君知朕之在已不可以
有愧故正心脩身以為之本必使自身以徃以極于
四方上下一人一物皆得其所以至於日月星辰之
行四時之運山嶽之峙江河之流皆不失其度不違
其性而後庶㡬乎其朕立心以主之居敬以持之勿
忘勿助以成之所以其功至於黎民於変時雍光被

亶自足便不足以為聖人矣
而天地閒人是故堯舜兢ㄓ業ㄓ才得一箇恰好一
萬世為人君者之所當知不然則驕矜自足之心生
心則博施濟衆猶以為病未嘗自謂其已至也此又
也史臣之辭觀堯功勳之所到而言之也若堯之本
是理會此等事業凡為孝者不可以不知也然此后
亦必至此事大莫能載小莫能破顏子在陋巷亦
志考績者必至此孔顏思孟周程張朱其講道誨人
育之功無不到也豈惟堯舜禹湯文武周公其立
四表格于上下也格于上下謂天地[illegible]禽獸草木化

克明俊德以親九族九族旣睦平章百姓百姓昭明恊和萬邦黎民於變時雍

克能也擔荷到底之謂蓋以他人鮮能而聖人獨擔荷得起勇往力行不少放下以致於成功實效及人及物蓋於天地同運於〻穆之中視日月至焉之夆大有間矣明〻之也磨治洗濯使無一毫氣質物欲之累也俊德即大夆明德俊大夆作峻皆廣大高明出於人欲之上而為萬物之所仰望之意然亦夫人之所同得而非聖人之所獨有故其功夫自一身九族充於時雍大畧是一人無間斷故天地間皆發生

興起及其至也薰蒸成熟陶為太和此非有於穆不
已之定力不能到所以章首克一克字是亦史臣之
深意也以親九族以此而親九族也蓋不但恩礼同
盡皆德化感動九族之中莫不發生興起故曰既睦
既盡也九族之中無一人之不順此德化流動自近
而始即大孝齊家之功也既睦便見同得若非同得
無緣得盡睦也平均章明也百姓畿內民庶也平即
絜矩之義欲無一人之不得也章謂明顯之欲其不
陷於欲而入於汙濁晦昧也昭明皆自明其德無汙
濁晦昧也協和即平章之推同一昭明而無不到之

爲不竟之人此最見得俊德為人所同得無遠無近
無愚無智各一性命之全体不過一人無間斷則皆
發生與起也自九族至萬邦猶主貴者近者而言至
於黎民於变則下極閭閻田野遠至海隅蒼生凡有
血氣心知髮膚形体者一皆發生與起薰蒸成熟变
謂咸與惟新於者嘆異之辭見其然而莫知其所以
然之辭也可見一人不息功夫效驗著明而其密運
之功潛孚之妙有難以言語形容葢稱堯曰廣運聖
神夫子贊堯曰唯天為大唯堯則之蕩蕩乎民無能
名焉巍巍乎其有成功也煥乎其有文章皆以此也

時雍是合作一太和如人身四体大安至平無此小
血脉不流處推原其来總由天命同得而一人無間
斷也不是天命同得無緣得觧既睦至於变才有間
斷則上下都放倒盡入晦昧去也故克字為一章之
冠冕

帝曰疇咨若時登庸

君臣之共治奉天以執其中而已奉天則得其中而
事〻皆理天下無不治矣此堯典篇中弟九節以帝
堯為治之綱領為言帝曰疇咨若時登庸此治道之
一大綱領而堯首明之也夫天之為天也時而已矣

事ㄷ物ㄷ各有其時一時各有一理即中庸之時中是也隨其時而盡其中之道如日之晝月之夜二氣之寒暑草木鳥獸之春夏秋冬當其時則如其理各盡其當然之分而無過不及無不正其性命而保合於大和天之為天者此也君君之為君臣之為臣也亦然是故堯先命羲和若天授時以為萬事之準式旣即訪問群后使之擇人而與者有能若時以為政者則登而用之盖堯以執中為道觀堯典之序列可以見其所執者也帝曰者堯之所注意也疇誰也擇也咨嘆而訪問之也訪問而謂之咨者見之深謀之遠故

嘮嘆以求之盍欲必得之而不可以不得之謂也若
順也時者庶政萬事各有其時ㄖ各有其中是即天
之四時寒暑晝夜之永短中星之鳥虛星昴民之析
因夷隩人事之東作西成南訛朔易鳥獸之孳尾希
革毛毨氄毛在天在人在物在事其義理度數如此
如彼無不皆然當其時則各有其中處其事則各以
其中得其中則各合其宜而無所乖乱此事天人無
不同也堯深知之故先正羲和之織隨咨嗟嘆息訪
求順時為治之人時者羲和之事皆無過不及之中
而萬事之体法也虞史之作亦見堯之道而知其心

之所主故其作堯典也先以二章盡其終身之全体
大用然後繼以居位為治之次序首列羲和之事為
六節而次之以若時登庸之咨疇常讀者莫不歷耳
過目而不知堯典虞史之心皆所謂允執其中堯主
之而虞史知之故以疇咨若時登庸繼羲和之後而
堯之以天治天下與虞史之有見於堯之心之道皆
可見矣大哉時中之道乎堯典之敬授人時若時登
庸易之與時偕行進脩及時承天時行對時育物隨
時之義大矣哉皆堯之心而二帝三王之至道要術
也若者如之者也一時各有一中曰若曰及曰偕曰

承曰對曰隨不過如其無過不及而已

曰若稽古帝舜曰重華協于帝濬哲文明溫

恭允塞

紀德行論心術皆所以為教然亦惟知道者為能得其要而盡其精愚於二典之首所述堯舜之德深嘆虞史之不可及豈惟一時君臣皆上聖大賢其史臣亦所謂與知與能者也虞庠夏校議論講明無復閒矣二典三謨君德治道綱領條目淵然粲然為萬世道学之宗祖其秉是筆者豈非得之庠序之講明若吾夫子之門善言德行之顏閔善模寫聖人之子貢

者乎驪龍之珠非入九淵之下不可得堯舜君臣所以為治用功下手大率若此而一時之士亦莫不能言之是可畏也欽明文思安安堯之德也濬哲文明溫恭允塞舜之德也而能審視詳記備其根本枝葉以為天下後世之教豈淺夫之所能與哉欽明文思安安總言堯之全体濬哲文明溫恭允塞視堯之六字氣象差小若夫子所謂大哉君哉然者濬深也繫辭所謂惟深也故能通天下之志所謂精義入神以致用也所謂洗心退藏於密所謂淵泉時出淵淵其淵者也九德之不能久功之不可大者其所存所得

之淺也舜之德帷其淵深故其源遠而其流自不竭
其根深故其枝葉自暢茂曰哲曰文明曰温恭曰允
塞皆本於濬者也哲者是非炳而幾微著若無塵之
明鏡來者無不照也此全体大用之初故次於濬繫
辭以幾次深亦此意也文者礼樂流行若陰陽之相
文得時而中節明者光輝發越若日月之照臨至公
至明温恭者見之於身氣如春生而容如山立也允
塞者歛之於心堅如金石而充如五穀也盖所以收
結上文五者而總歸之於誠而皆得之於哲文明者
聖人皆以誠為体明為用也哲文明温恭五者而繼

之以允塞者總之於誠起之以濬者以深為本也可
以見理之一原入於無內無倫無聲無臭而其見之
於用皆一誠之流行了不見有一毫已私外物之雜
所以萬善無不全萬用無不得而光華自發生聲名
自洋溢若堯之光被四表格于上下而舜之德謂之
重華協于帝也華即光也亦被四表亦格上下故謂
之重謂之協也

益曰都帝德廣運乃聖乃神乃武乃文皇天
眷命奄有四海為天下君

舜有臣五人而天下治孔子之言必嘗經比較論量

不然夔龍伯夷垂豈不聰明賢聖乃不在五人之列
夔作樂而鳳凰來儀垂之竹矢至周猶未弊可謂聖
於樂聖於工者其他可知矣而不得與五人並稱此
宰者多未嘗經心古今人才識見為先其識之深淺
遠近見之高卑大小因其言可知五人如禹皐陶稷
契其才德之過人方之堯舜但有君臣之分而已考
之詩書皆可見也至葢乃詩書所載視四人獨為鮮
少而夫子列之四人不以為歉是必有其說夫子稱
堯之德曰大哉堯之為君也巍〻乎惟天為大惟堯
則之蕩〻乎民無能名焉巍〻乎其有成功也煥乎

其有文章盖之美堯数句與此語適相當是盖之見先與夫子同也曰都者深見堯之美而嘆息之也廣即所謂蕩蕩無物不容無地不到與地同量者也運者洗心藏密潜行黙運一髪不容一息不斷與天地同徤者也着一毫之私不可以言廣有一息之停不可以言運惟廣故能運惟運故盖廣此堯之天德不離於人而常絶類離倫獨與天地同其動靜四時同其運行所謂惟天為大惟堯則之者也盖之見盖得於至静之中潜心体察賢人能聖人事此二語非小小非去聖不遠不能如此形容也盖之才識可以得

其槩矣聖者無不通也廣之為也神者無跡不測運之功也所謂民無能名者也武者發強剛毅神而不殺文者文理密察一本萬殊四者皆出於廣運之中有一毫之間一息之斷不能洞達充滿以至於此也所謂巍乎成功煥乎文章亦無不在其中矣成功者若天地四時之所為文章者陰陽五行之交錯山川草木之高下皆廣運之發生成就也乃者難辭也人所不能惟堯獨能其所以能由廣運而後能故曰乃聖乃神乃武乃文也先聖而後神孟子所謂大而化之之謂聖聖而不可知之謂神也先武而後文乾剛

而承以坤柔黄中通理斟酌裁制以歸於大中至正
無過不及之地也葢之才識至此葢可見矣皇大也
所謂惟天為大巍巍之形也必言皇天者意脉亦自
廣運來言天之大而堯與之同大故命與德合不期
而在堯之身也奄盡也九州之内以至四海之外盡
有之也為天下君日月所照霜露所隊舟車所至人
力所通無不以為君也其意皆自廣運來非廣不能
容非運不能至也葢之才識覩此數語足以盡其平
生而與四人並列良以此與下文戒舜之言自儆戒
無虞以下皆慮其有一毫之間一息之斷終之以四

爽來王亦為天下君之意始之曰吁戒哉即前文曰
都之意皆深遠之嘆也蓋欲舜亦為堯而與之合有
資有本有日有月而不可失之之意又以見堯之廣
運非有神妙奇異不過無失法度無怠無荒遊淫疑
貳之類洗除空盡而遂與天同体耳但無人欲便成
天德所謂極高明而道中庸人皆可為者也然則益
之得列為五臣者觀此足以無歉夸者當詳觀而謹
思之庶乎其有以得之矣

洵惟全篇廣運二字極重蓋根源處也

皐陶邁種德德乃降

種德者布其德於天下以興起天下之心使之發生暢達若播穀然迈種者盡棄己私勇往力行無或間斷然後本体誠一無雜幾之微妙充之周徧入人深而及物廣也德乃降三字意義尤可觀譬之雷行雨作出於剛徤精一之氣之所為若其間有少係累便成密雲不雨如小畜之所云小畜陰卦也雖有五陽而係累於陰其氣弱而不彊歉而不充雖欲成雨而不可得故曰自我西效西郊陰方也陽累於陰不成剛徤精一之氣故不能成雨也皐陶能迈種則為剛徤精一之氣所以德下及於民亦如雲雨之行若他

人之有欲者則常有係累間斷自然柔弱無氣力有退屈而無流行是乃理欲勝負事功成否之大機不可以不察也小畜彖傳曰密雲不雨尚往也亦此意往即邁也能勇往力行則為剛健精一之氣而成雨也自我西郊則為陰所係累有間斷欠歉自不成雨故曰施未行也

成允成功

觀此一句便見古人言不妄發發則必行以實其言允信也成允者禹初往治水時必在帝前先有言語講論治水之事後來一如其言故曰成允凡為人臣

任君事必考其功任事而無成功便是曠官虛位禹
任治水之事卒成治水之功則為不空受任故曰成
功皆所謂信者也凡為人臣者皆當如此言亦易發
位亦不難居惟卒踐其言而不虛其位之為難也當
時群賢大槩皆如此非獨禹也若皐陶之期于無刑
而卒至於民協于中罔干予正是亦所謂成名成功
也稷契益諸賢皆如此舜為天子亦如此大槩言不
難發位不難居惟實而信之為難古之君臣兢兢業
業皆為此秦漢以來無復此念所以萬化皆不率而
君臣上下皆曠其位也

不自滿假

聖人之心常見自己之職有不盡而於其莫大之功若未嘗見其有一毫所以無一息得自寬自容為一身一家之計也舜稱禹曰不自滿假聖人不息之功正在箇假字上使後世功名勳業之人能曉得此一字則將思愆補過之不暇又安敢有富貴宴遊之心哉假者借也寬也容也借片時容隙地以自暇逸此雖賢者亦間有是心不但矜功挾才傲上陵下之小人也其心以為吾有勳勞於國有德於民一日之安一餉之樂一飲之醉一食之豊宮室之暫華車馬衣

胑之茍美何足損吾功名而天下之人受吾利德吾
劳謂吾賢者亦無復以此而厚責於我如韓信之自
王郭子儀之窮奢極欲天下猶或以為當然法孝直
之殺人而先主孔明亦以其有劳而寛借之而况於
過門暫入曾何足以害吾櫛風沐雨胼手胝足之勲
劳哉不知仁人君子之心有大不然者也天地民物
之責無可休之日困窮無告昆蟲草木無一一皆得
其所之時居此位者誠能用此心則坐以待旦日昃
不食猶恐其職之不盡又何敢自謂有功有德於彼
望爵禄之報而自恕其偷安暫之逸罪哉怠惰之門不

可開自負之心不可有一息寬容假借便與天地人物隔絕古之聖人純亦不已固不敢容一毫私欲以間斷其不舍晝夜之運行也故舜以不自滿稱禹又著一假字見得禹之心未嘗自謂有功容隙地借片時以自與所以十三年之內三過其門皆不入蓋非故為是以要譽於天下也其心以為吾職未盡吾事未畢自不暇顧身念家啓之呱呱實有所不暇問其視斗筲之徒微力薄效輒德色於其君者大有間矣故曰禹吾無間然矣所謂無間者不過謂無可指點而已使禹有借片時容隙地之心則夫子必有以間之

矣明此而后知成王賜周公天子礼樂之非

滿招損謙受益

益勸禹班征苗之師而為此言其義安在古今用兵之人議論講説何嘗及此觀此言則凡以兵臨人而自謂已是彼非志在必勝者皆所謂滿也謙者反已自求不必已是人非而求必勝之謂此帝王之師所以行之莫非仁義必無妄動而亦必有成功何者責已周則道盡而其謀慮亦皆善自不至於敗漢以來君臣用兵雖不曉此義若其勝負成敗亦不能出此二句漢高帝彭城之敗平城之圍曹操烏林之衂皆

所謂滿招損也九恐懼切[illegible]屬好謀用賢而能成功者
亦所謂謙受益也聖賢之言萬古繩尺無能外者

允迪厥德謨明弼諧

唐虞君臣議論講明數千載中獨為精深其史臣所書亦非尋常關於君德治道者之所能皐陶謨一篇在二典三謨為最短少然一句一義一字一說性命義理之源幾微深遠之蘊明体適用本末之孛百王治道之要君臣交盡之戒備盡無遺所謂天叙天秩天命天討天工所謂五辰所謂和衷則循其義理之當然而極於性命之本然也所謂達於上下則明其

全体之無外迹可遠在茲則見其大用之必行一日
二日萬幾則幾微毫髪察見無遺慎厥身脩思永則
理亂安危之機一日不謹或致千百年之患而當為
深遠無窮之慮也然則一篇大意理性而已上下皆
職思其憂而其所以孜孜勉勉者皆義理之當然性
命之自然雖曰艱難無逸而一毫智力不容於其間
萬事萬物各得其所而一時君臣惟一敬耳夫子曰
無為而治者其舜也與恭己正南面而已矣豈不信
哉安危之本深遠無窮之念苟且目前之憂無不畢
照知人安民百王治道之大綱也兢兢業業無曠庶

官無斁逸歆庚明厲翼百僚師〻百工惟時日宣日
嚴夙夜浚明亮采勑我自我同寅協恭政事懋哉懋
哉敬哉有土思曰贊〻襄哉則其君臣上下各務盡
其代天理人之職而不可有一息之怠忽一人之不
盡也起首總以二句實一篇之綱領也篇中群臣百
工自勵翼以下皆所謂謨所謂弼也謨明者公正詳
盡無一毫私曲怠忽隱藏弼諧者群臣百工事不同
而同於理合為一太和也德即堯典俊德允迪者信
蹈之也表裏無間動靜如一內剛健篤實外光輝洋
溢盡身脩之事齊家治國平天下之本為人主而能

如此則群臣百官自皆興起奮發洗刷磨治潜孚默
契鼓舞而趨於善其謀謨自皆明盡其翼賛自皆合
理畀時賡歌所謂喜起元首明股肱良庶事康同此
意也大抵萬事皆理萬心皆性而命於天君能信蹈
厥德率性之道脩道之教作於上而自應於下百工
踊躍萬善流行一人秉明照於上而有生之類皆得
所於下代天之職皆率而三才之位無愧此皐陶謨
一篇之大旨也兢〻業〻幾為寅恭則迪德之本同
寅協恭而和於衷則君臣上下所為皆盡性至命之
事也衷即帝降之衷和衷聖人之精藴盖不出於幾

礼之公謨亦無由而明不和於性命之理弼亦無由而諧々即和也

予違汝弼汝無面從退有後言欽四隣

人非堯舜安能每事盡善古今上下之通言也而未知其為未善之言自平常人看堯舜可謂事々盡善以堯舜自看若有一言自道盡善則全体皆壞了安得稱道至今豈惟君子之道當謙々自牧道理當然實是如此天地雖大人猶有憾而况於聖人不離於人善之一語政自不敢承當况盡善乎故曰予違汝弼汝無面從退有後言欽四隣違者違道背理弼正

救也如舜安得有離道背理事然自舜觀之決須常有此心而後可如初年往于田時號泣于旻天于父母負罪引慝負罪者自以為已罪引慝者自以為已慝未嘗以為父母與弟之過舜之心非為父母之怒故為此盖實見得父母之不愛誠若自身有得罪處但未知是何事故號泣旻天又曰於我何哉號泣于旻天者顛倒迷亂莫知其由如窮人無所歸於我何哉者莫知已之罪在何事也此皆真心實意未嘗自謂無罪者也後來為天子亦是此心雖事事皆合理而常慮其有得罪於天人處故告其群臣曰予違汝

弼又丁寧之以為不可阿意順旨不敢相拂退去背後却相告語以為不是又戒之曰欽四鄰四鄰左右前後之近臣欽者敬其事不可忽略須一一相救正也此可見聖人之實心非為過謙以媚其下也天下之事無窮為君為臣為人同一難而為君尤難也故堯舍己從人而慱施濟衆聖人皆以為病遠道干譽咈百姓從己欲失法度遊淫怠荒佚欲如此等事如舜豈有一毫而皐陶益交陳之以為戒慢遊傲虐朋淫于家丹朱事也舜便非聖人何肯為此而禹戒之曰無若丹朱是防其有之也人心惟危一息不敬便

入不善故臯陶又重戒之曰兢〻業〻一日二日萬幾無曠庶官天工人其代之兢〻業〻即曾子如臨深淵如履薄氷之意幾微也人心之危毫髪之間也曠空也廢也毫髪不謹則百官廢其職空其位而得罪於天之所置矣由此言之聖人豈嘗有一毫自是之心

元首明哉股肱良哉庶事康哉

天地人曰三才而人者天地之心也有人則有萬事而事理之得失由人道立不立之所關也事理得則人道立而天地賴以位循心正而身無不脩也事理

失則人道不立而天地無以位猶心不正而身不脩也得之與失必有所繫故天樹之君以主之承之臣以佐之君者總萬事之綱臣者理萬事之紀也臣得其人則萬事皆得其理而安定臣不得其人則萬事皆失其理而渙散而其所以得其人與不得其人者常繫於君之明與不明也君者元首也臣者股肱也元首以司其命股肱以宣其力居君位者必得有聰明睿智之資光天之下正邪善惡無所逃遁則其所選宰位置以為股肱之用者自無非稷契伊傅之臣由是而付以樞機之任責其治平之效居職者各盡

其心受任者各獻其功君逸于上臣勞于下禮樂刑政事々物々不期而皆得其所自然陰陽調而風雨時三光全而寒暑平矣是故天下之本在一人一人之道惟明而已苟或不然則三才無以立三仁不遇而商以亡孔孟不容而周遂衰萬事何由而理人道不得而立二氣四時百穀草木鳥獸魚鱉亦無望其如唐虞之世矣故曰元首明哉股肱良哉庶事康哉庶事所以立人道盡人理而為三才之主也康者各得其理而無不安之謂君者主之而臣者佐之也良者順理盡善之謂也臣良則事康矣君明則臣良矣

未有堯舜之明而容四凶臣亦未有秦隋之君而

得八凱八元之佐也不得八凱八元之佐而委天下

國家之事於庸才凶德之徒庶事何由而理哉○聖

君賢臣不可徒有其名必上下各考其實而後無忝

於其名夫君聖則無不明臣賢則無不良明如日月

水鑑無一物之不照良如精金美玉無一事之不善

古今之為君為臣固多以此自居而群下之稱頌歸

美亦無不以此為言者然考其實則往往而不然何

者君者用人論相者也君明則正邪善惡無所逃而

其所選用登崇置諸左右者自皆善人君子而無小

人之雜不然則朝無良臣任事者皆小人而君以明自居在下者亦以明歸之無是理也豈有日月水鑑在上而小人得容其和偽乎小人在位則君徒有明之名而無其實矣臣者任職治事者也君者庶事之綱而臣者各事其事以理其紀者也臣良則其所職所守無不盡而其所經綸規畫一皆順理盡善各得其安而無不善之雜不然則萬事不理臣職不脩而以良自處在上亦以良倚之亦無是理也豈有良金美玉之德而其所職之事乃不得其理哉曠其官廢其事則臣亦徒有良之名而無其實矣是知庶事必

康而後足以見股肱之良股肱必良而後足以彰元首之明否則上下以良明相諛而國家天下之事無一得其理治安之期邈而亂亡之形成矣猶以明良自居得乎

三江既入

漢入江江入海而云江漢朝宗于海是漢亦水之大開之一分列之一位不使江獨專也伊瀍澗皆入洛洛入河而云伊洛瀍澗既入于河亦謂伊瀍澗不爭多亦各容一分列一位不使洛獨專也譬如一人行大路三人從小路來合之同行則是四人共一路豈

得専之一人漢不合江江之下流未必大伊瀍澗不
入洛洛之下流亦未必大然則江下流即江漢並行
洛下流即四水並行也然則三江既入如蘇説為是
但所謂味別者穿鑿不可用也凡水大者條祀不比
小小溪澗之入江河者須是明開之一分列之一位蔡
氏所謂合流之後不復可指為三未為當也但豫章
江不別見禹貢然其水亦大洶洶湧奔騰左蠡可見謂
之三江既入亦是開一分列一位而以其平不費工
亦可見矣吳都賦之三江小不足言蔡説以近震澤
楫引援未為當然則河以渭洛諸水入海而獨言河

誠不貳之中而非人之所及知者故其成功有若造
立道行發來動和過化存神生物不測之妙出於至
敬神孚人應動有天隨庶民子來衆理條暢自有立
思孝誠信之精微備身謹行之度數並行乎其間是
當先也禹治水時雖曰勤勞四載以身率先亦必有
兩之服体驗工夫不獨水土既平治功興起之後所
此二句禹貢一篇之微叙又是十三年於外櫛風沐

祗台德先不距朕行

總爲一大河也

何也曰河大於江受如渭洛者多其勢不得言曰當

化鬼神之為不惟櫛風沐雨胼胝手足之所能也成功之後惟歆君臣上下接續此事推廣此事無有間斷期於仁洽化成萬物得所故出此二句於一篇之末以為上下遵守盖以其体驗之素為言非但意想期望之語也不距二字可見不距云者道之斯行動之斯和綏之斯來之謂也天命良心無人不有作而萬物覩設而天下服所患者惟間斷耳苟能敬以持之致其悠久積累之功則身心常正而天地自位萬物自育萬民自化故曰祗台德先謂敬以持之也此皆其治水時体驗之所得故以為言禹十三年於外

惟守一敬所以成功鯀之不成亦惟不敬故動不得其序而五行自汨陳臯陶論九德所謂亂而敬似説爲父子事盍有治才而敬則事皆合理而成功不敬則不順理而功不成矣敬肆之間爲治不可不知也

惟皇上帝降衷于下民若有恒性

性字始見於此然以湯之言詳之可見湯在當時深有見於心性之理深知心性合爲一全体又不容不殊而爲二蔡氏之説甚正而未精也惟皇上帝降衷于下民即文公所謂恭惟皇上帝降此仁義心是也謂之衷者蓋中與忠而言即心之全体也若如也順

也以動時言之人於應物之時如其心而順之則其有常之定性常於其時昭然而見乎其中與孟子以四端而知有四性其意同也盖衷是仁義之心性是仁義之理衷即是性合之於心故曰衷性即是衷殊之於心故曰性衷重在心性重在理此湯之精意盖所以表明天命不易之定理以為天下之大本也心之全体性之本体復專一而不雜非素講明体認不能為此言所謂辛於伊尹豈非此等語乎如九峯之說則只說得性雖下心字而出於經文之外不及思衷是心之全体合性為一之本体又不容不析言之

也又其言似謂衷猶是命而屬之天但降之於民則

至人禀其所降而後為性天之所降本具四者之理

以為命人之所禀始得四者之理以為性是衷但為

命而未為性也得無語病乎

惟皇上帝降衷于下民若有恒性克綏厥猷

惟后

此四句可以見人之為大性之為善君責之為重又

可以見湯與伊尹皆自任以天下之重其放伐之事

有甚不獲已焉者而其桓々之武肫々之仁蕩々平

々無偏無黨之大道隱然自見於言外是大也尊而

嚴之之意將言性出於命而先言主宰者之尊嚴以
見性之為大而不可不奉持之意與中庸尊德性意
同降字亦自皇字來若詔令自君而下在下者皆不
敢不敬也衷字合性與心兼中與忠而言葢不偏不
倚之全体常昭〻耿〻在中是為應物之資裁物之
器天下之大本也下對上而言下民凡有氣体心知
聖智賢愚君臣朝野之總名也貴者當視賤者為一
体而賤者未嘗不貴也若順者如率性之率恒性者
一定不易之理也有恒性者實得各具之謂言天所
降之衷率而由之則皆有一定不易之理不可搖奪

不可掩蔽不能熄滅者在其中一蓋即用以見體術本
而得本也裹合心與性而性但言心之理合心與性
則其寂然不動常有知覺妙用在其中而非有体無
用之體但言心之理則其感而遂通者常有一定不
易之体為之主而非可以猖狂妄行之用猷道也即
所謂若有恒性者亦謀猷之猷道言其常行謀則其
所常行者常有心思知覺之妙以將之而非寘然之
行易所謂人謀鬼謀百姓與能即此而九一字異義
而未始不相通者皆此之類也綏安也安之使不復
搖動也其不安者人心之危ヒ亡也安之者以循道

之教竟其道心使之常為主而人心聽命也安者安
其心而謂之綏厥猷則合內外而為一矣但言安之
則其固有而非外鑠又可見也惟后者言皆君之責
天命之得不得人道之立不立天下之治不治無所
推避一在於君而已所以謂之萬方有罪〻在朕躬
湯誥一篇始之以克綏厥猷惟后終之以罪在朕躬
是央以君道自任而其所以慄〻危懼者盖以此之
故也居天下之上者其可以自暇自逸哉克者任其
重而畢其事之謂任其重者立志之強畢其事者主
一無適之功也不〻之則君道廢而黍人之上矣孔

子曰為君難孟子曰欲為君盡君道此之謂也古人之居人上為民慮為已憂者盖如此後世之有天下者君臣議論未嘗及此為君者惟一時苟安則責塞其有志於民者僅能不忘其飢寒思有以飽煖之若漢文帝而已率之不講豈惟為士者之事哉

德無常師主善為師善無常主協于克一

按此十六字在尚書中誠為舜禹十六字之次然蔡說於彼十六字為盡於此十六字實有未詳其言雖大其於中間之條理則未為密也德無常師主善為師看來伊尹之意猶是未定之言至於協于克一則

所主之善始為誠善而無可疑若還以主善之善便
為一本萬殊之善似失之太驟一字只是上文一德
惟一下文一哉王心之一而克字猶為着意若還把
作一本之一而於克字只用一箇能字説過去似皆
未得當時之意今以管見循其文而釋之讀者考焉
德即上文一德之德一亦一德之一善者合理之謂
與是字相似師者取人之善以成其德也伊尹既言
一德又復詳其所以成德之由天下之善皆所以成
一人之德也故曰德無常師主善為師謂不專一人
不執一見而惟善之師也惟善之不雜以惡主一工

夫於是乎在然而義理精深幾微難見天下固有似
善而實不善似是而實不是者人皆以為善而揆之
天理則不合施之事物則不行衆之所是而聖知之
所非人以為可而天地鬼神以為悖似同而終不同
強合而終不合若是者其為心術德行之害有不止
於物欲之惡者而後世楊墨釋老鄉原子莫之斈與
凡世間之新奇可喜有有功而實為深害便於意見
操持之私而不利於周行流徧之公伊川所謂雖無
邪心乃為邪心文公所謂彌近理而大亂真者無非
害心害德者也古今天下氣質不齊有善有惡有強

有弱堯舜在上靡然帖然而定于一聖王不作偽言
偽行紛然而𡚁羅執兩端龍作納言聖主明時猶為
此慮而况於伊尹之世去桀未遠奇衺之民偽妄之
説辨給之口當時固未盡絶伊尹於此固常惆然故
於將帰之日既以一德為太甲之戒以主善為主一
工夫而復慮有似善非善之惑不足以成其一故於
四句之中以協于一為未足又着一克字所以堅太
甲之常心俾於主一之中常致明辨之力使無毫髮
之雜始足以為一也克者能也與可字足字得字實
字相似克一者謂可以一足以一實一而非似一終

一而非暫一也盖辨真偽察是非之辯恐其有害於
上下文之一德一心而立言也盖所謂一德一心者
萬事皆理而無所間雜之謂也耳目血氣之欲固為
天理之間雜似是而非之道尤為純粹之間雜人欲
固為天理之害似是而非之害道蓋尤甚於人欲也
不雜之謂一無間之謂一一髮不可容一塵不可留
也天下之道出於天者萬殊而實一出於人者若一
而實殊出於天者雖異体常相為用出於人者似同
類而實相背馳如楊墨釋老其說誠足以動人天下
之高明俊傑皆誠以為善信其說者主之守之以為

其道即堯舜孔子之道其言即六經語孟之言貴賤
賢愚翕然惑之知者不能爭強者不能奪然天地鬼
神實怒之施之天下未嘗見其治而但見其亂加之
事物未嘗見其利而但見其害欲一之於道而終不
能一惟聽而容之而常自敗自沮終不得與吾道同
域又有一樣辨給之口剛惡之才飾非為是強邪
為正雖明者亦惑之而施之於用則其亂政害物不
可得而揜伊尹之所謂克一蓋為此等處是蓋幾微
之論精切之意不惟太甲當知之萬世帝王皆所當
知也蓋萬理皆出於天而所謂一德一心純乎天理

者也人欲固為天理之害而似是而非害實為深人欲易明似是而非之害非精察不見故伊尹作咸有一德始之以克享天心終之以協于克一盖以天論則一毫不可容也篇中九九箇一字而克一之一乃為究極精至是為伊尹用意盡處而十六字之指歸也前面七箇一字固防人欲之間雜而克一之一乃深慮似是而非之間雜無人欲之間雜已為善為一若猶有似是而非之間雜則尤為人欲而其所謂善者不勝惡所謂一者不勝二也天心王心二字首尾若為相應克享克一二克字亦似相通是皆究極透

微無内無外之意也大抵伊尹之辭主於明辨所謂主善者猶爲未定之善未成之一至恊于克一然後爲始定之善始成之一未及一貫一原之一也且當循文理而明其立意之所趨若遽以主善之善爲萬善克一之一爲一本則此一字與前後八箇一字不相通而於伊尹之辭意爲未詳矣

亶聰明作元后元后作民父母

君道惟一實而已而實不實之分在於血脉之通塞夫天下猶一家而君者家之主民者家之子弟也有子弟者必盡其所以教養之道而後得爲主之實不

然則居其位不盡其事其所以然則有其故何者主之道惟耳與目一家之事耳有不聞目有不見非所以為主也不見而以為見不聞而以為聞皆非主之道也不聞不見則不知其失所而自不知其所以養不睹其非理而自不知其所以教主也者居教養之位任教養之事者也不知所以教養則主之名雖具其位雖尊而於立君之本意斯民之仰望媿負多矣而其病在於聞見之窒是故必有聞見之實而後能盡教養之實必盡教養之實而後足為君道之實武王誓師曰亶聰明作元后元后作民父母其義在此

古之人有言曰為君難非為君之難也盡君道之實之難也夫子曰必也正名乎正名也者君之為君臣之為臣父之為父子之為子也君也者主也一國之君一國之主也天下之君天下之主也一事不聞不足以為主一物不見不足以為主主也者下之所恃以生所依以立者也恃以生而有不見不聞則生之道必不周依以立而有不聞不見則立之道必有歉生之道不周立之道有歉則為之主者不期而媿其位負其職而失其所以為主矣失其所以為主則民之命莫知其所底止矣為君之難不其然乎是故古

之為君者必顧念其所居之位所職之事四方萬里之遠必欲其無不聞縕樞甕牖之中必欲其無不見有飢有寒必盡其毋道以養之有非有僻必盡其父道以教之飢寒不可也飽煖而不孝不悌不正不直不可也飽其飢燠其寒而復正心脩身講礼明法以正其淫朋比德之非夫如是而後為君以其有聞見之實故也何謂聞見之實急民事盡民心正民德防民欲去諛佞絶壅蔽使鰥寡之情悉達於上而正邪善惡之俗毫髮莫逃若舜之闢四門明四目達四聰而後可也夫是之謂聞見之實聞見實而後教養實

教養實而後君道實泰誓所謂亶聰明者盖兼下二句而共一亶字也亶者誠實之謂亶聰明者實聰明非不聰不明亦非作聰作明也如是故得為元后元后故能作民父母父者教也母者養也君道之實也元者体仁長人渾全無欠之謂君德之實也實其德而後能實其道而其德之所以實無不本於實聰實明六合四表無有見聞不到之處故能實其教實其養而無忝於生民立君之實意也天下一家中國一人而血脉不通痿痺不仁痛痒不知豈足為体仁長人之君哉古之人事匕職思其君而君民上下禍蔓

大於壅蔽而尤切也有人民社稷之責者其亦知所
敬哉
　　天乃錫禹洪範九疇彝倫攸叙初一曰五行
道不行百世無善治斈不傳千載無真儒程子之言
也而其所謂善治之道真儒之斈猶有可言吾之心
正則天地之心亦正吾之氣順則天地之氣亦順此
朱子之言而其所謂心正氣順者中和之外猶有可
言是蓋古昔聖賢相傳之至斈所以脩身為治之要
自黃帝至箕子武王世守之而後世之君臣心思論
議皆未嘗及太史公作五帝紀多鹵莽麤畧而其採

之傳記之間往往多其道術之要若黃帝紀所謂治五氣順天地之紀幽明之占死生之說存亡之難時播百穀草木淳化鳥獸蟲蛾旁羅日月星辰水波土石金玉勞勤心力耳目節用水火材物顓頊紀養材以任地載時以象天依鬼神以制義治氣以教化帝嚳紀取地之材而節用之與其動也時皆古人道術相傳見之紀載循未泯滅讀者皆未之思也自太極而陰陽陰陽而五行五行而萬物五行者太極陰陽之所載而萬物之本根也物之得之不能無偏而人獨得其全故人道得而五行順五行順而萬物若古

考聖人之所甚重也以為人得五行之秀而生氣則其形而理則其性也性正則形正人之性形正而五行之理無不得其氣無不順人者天地之心也心正則四体平此經綸天地治民理物之至術故君自黃帝顓頊高辛世守其斈唐虞夏商以至於周臣自常先大鴻禹稷皐陶以至於箕子周公其斈不墜其用功施於脩身齊家其極功至於四靈為畜然常求之黃帝顓頊高辛之治五氣節水火舜禹皐陶之脩六府撫五辰啓言有扈氏威侮五行箕子之陳洪範論汨陳先儒率皆未精其說蔡氏書說論修六府但取

其生克損益而成五穀此天之所為人未必能與也
雨水也暘火也燠木也寒金也風土也時行休咎二
徵百穀之所以成不成也而非人之所能為也人之
所能為惟有敬五事以感通之而已玄冥之為水官
閼伯祝融之為火正蓋之掌火若艸木勾龍禹之為
后土司空共工垂之世官是亦金木之職竊意當時
五行有官不過順理任宜愛養撙節用之以時以禮
祀之以方以色而已至其所以為雨為暘為燠為寒
為風而成百穀固非五官之所得為也禹平水土而
地平天成竊意禹之精義當不止此鯀之汨陳非但

隄防壅遏即其方命圮族之心則其言行舉措無一得所禮運有言鬼神以為徒五行以為質以鯀之言行觀之豈得與鬼神為徒而五行之神亦豈肯與之為徒哉天乃錫禹洪範九疇豈惟以其治水順理亦以禹之心正身脩而常闕

洪範九疇

人之一身實與天地相通合而為一天下之人徃徃自輕自小不知自貴自重細看洪範一篇可見洪範一篇出於箕子今在天下二千三百年矣夆者讀誦不為不熟解釋不為不盡以今觀之猶有當考詳者

一篇終始列為九類九類之中主以皇極而列之中
循有精意十一之者循有要道何者終始二疇皆天之
所為其中七疇則括之以人之五事而主之以皇極
二五事者人之貌言視聽思也八庶徵者其應也庶
徵雖出於天皆人之五事之所成箕子所陳為可考
也本其本者天之五行故一五行而二五事應其應
者天之五福六極故八庶徵而九五福六極自一而
順數之五事居二自九而逆數之五事亦居二也終
始括之以天其間七疇括之以人之五事而主之以
皇極其意為可見矣何者人道之得失善惡惟貌言

視聽思之五事正與不正而已皇極者奉天之命使
天之行自正其五事以正天下之五事
皆正則貌之正其應時暘視之正
其應時燠聽之正其應時寒思之正其應時風五者
皆得其時則萬人萬物皆生死於五福之中不然則
一人之五事不先正則天下之五事皆不得其正天
下之五事不正則貌之不正其應恒雨言之不正其
應恒暘視之不正其應恒燠聽之不正其應恒寒思
之不正其應恒風五者不得其時則萬人萬物皆生
死於六極之中然則人道不出於五事而皇極者五

事之主也皇建其有極亦惟正其五事以正天下之五事而巳人之五事正則天地萬物無不順然則人之為人也其身豈不為至貴君之為君也其責豈不為至重而箕子之所以為箕子也其行豈不為至善哉然則八政五紀三德稽疑之四疇將何所主曰四疇皆以人事之要而列也何往而非五事之所在哉

曰休徵肅時雨若

召和致祥一敬之功也敬之功大矣主於敬則天理流行而天亦從而順之為人君者其可無主敬之定力哉曰休徵曰肅時雨若主敬之功也二帝三皇之

書以堯典為首堯典以欽為首一欽之功至於於變時雍而其極功至於格于上下舜之精一執中禹之祗台德先湯之日新又新文王之陟降左右順帝之則武王箕子之講明所謂肅時雨若者無非堯之一欽也欽者敬也主一無適之定力也其体則收歛身心不容一物其功用至於與天為一而五行庶徵無不和休祥無不至也時雨若者休徵之首而皆一肅之流行箕子武王之深意不可不詳觀也雨者生物之最先故為庶徵之首雨時則暘時在其中雨暘時則燠寒與風自無不時故雨時為休徵之首而其所

以時者人君主敬之定力也主一敬於心則形之一身之夅動自無不敬故貌之肅皆心之敬中庸所謂合内外之道也如是則無人欲之雜無斯湏之息則專一之功自至於直遂翕聚之用自至於發散静則爲乾之專坤之翕動則爲乾之直坤之闢而雲行雨施之功自是而出矣所謂格于上下者也時者收斂發散各得其中無過不及若者君道然而天道亦然也主敬功夫亦惟允執其中而已心必形見於貌〻無不本於心故心有允執之定力則貌自無不恭此時雨若之功出於肅蓋以表裏之洞達也二帝二王

惡之應驗則非天也人也雖天而實人之所為也然
徵若應驗也雨暘燠寒風之休咎天也以為五事善
不思其所謂徵者蓋以天道為人事而責之於己也
之人應徵譴者往々輒視之但以為雨暘燠寒風而
也讀書之法當深觀古人之用心下語若洪範九疇
子若武王以休徵而以肅時雨若為首數其無貳者
貳則天人離矣非有持敬之定力不能不貳者也雖
為君難者天人之道相通為一而不可以貳焉者也

肅時雨若

之體用亦惟合內外而一天人耳

則人之為人也豈不重而君之為君也豈不難哉先
之以休徵者生物之心也咎徵者物之害而休徵者
物之利也休徵首之以肅時雨若者雨之生物為最
先雨時則五者無不時也而其所以時則貌恭作肅
之應雨為五者先而敬亦為萬善首天道人事若相
期也主一敬於心則形之貌無不肅貌無不肅則言
之從文視之明哲聽之聰謀思之睿聖不期而自至
故雨時而四者亦從之也五事之用本一敬庶徵之
時本一肅箕子之立言亦可謂不苟而可覯矣時雨
為肅之應當詳覯蓋專一之直遂翕聚之發散而其

所謂時者莫非無過不及之中是亦天之敬也君以敬為感故天亦以敬為應故謂之若若者如之符之者也咎徵之應亦若是已矣然則人道豈可以不敬君者人之主豈可不以主一為先苟有一毫之雜一息之貳則咎徵生矣休徵行則五福生咎徵行則六極集然則君道豈不難哉或曰貌之恭肅疑不足為敬也曰貌者一身舉動之容敬者徹表徹裏之謂中心斯須不敬則慢易形諸貌矣貌無不肅則心之敬可知矣箕子之言豈徒以外貌教人而時雨之應豈表裏之不一而能得之者哉

石堂先生遺集卷之四

石堂先生遺集卷之五

宋寧德　陳普　尚德

講義

詩

關關雎鳩在河之洲

關雎一篇男女之正而首句之興便已具全篇大意關〻雎〻相應之和聲也關之為義通也彼此相通之意也然則關〻雎鳩得無若前輩所謂衆意相關禽對語者乎以為相應之和声則是可謂之通可謂之相關矣謂之關〻又含不舍之意而本篇之辭

之求琴瑟之求鍾鼓之樂與栢舟之所謂髧彼兩髦實惟我儀之死矢靡他之意皆已見於此矣雎鳩江淮間有之文公信用先儒註釋以為摯而有別謂其情意深至而有別也情意深至亦栢舟之義情意深至而有別則於相和相愛之中而未嘗無如賓之礼是為得男女之正也又謂其生有定偶而不相乱偶常並遊而不相狎生有定偶而不相乱則從一之義並遊不相狎亦如賓之礼也又謂人未嘗見其乘居而匹處者亦夫婦之道也古者夫婦雖居室中未嘗無別士昏礼即席在東婦衽在西是也同室而不同衽

廗別之ˋ至也在河之洲亦止其所之意也

悠哉悠哉

五經無一字一句無義理不用心看紛紛眼中華用心看句ㄴ謟濩字ㄴ膏粱如閞雎悠哉悠哉一句儘有意味文王之心片晑半刻行盡天下見到百世詩人皆寫其心亦不為無見矣家人之道利女正女正則家正家正而天下定豈惟天下社稷宗廟無疆之福皆在其中易詩書春秋四經之首皆備陰陽男女之礼而詩之感人深故伩詳悠長也哉者深遠之辭再言悠哉意弥深也皐陶謨𤼵明迪德之旨主於身

修思求有天下国家者苟無百世之慮則德日衰而
治安不久矣周家八九百年之祚起於二南二南起
於關雎文王之心天地民物同家之蘊也故當其未
得淑女則寤寐思服其所思所服者豈不曰宮闈袵
席萬化造端君德盛衰康政美惡天下治亂人物消
息国祚短長皆係焉幽閑貞靜則女德正而陰道得
好德不好色則思無邪而百為善逮下不妬忌則貴
賤序而子孫蕃誠使情欲之感無介乎容儀宴私之
意不形乎動靜則為四海元元之福宗社綿綿之曆
如其不然禍乱將無涯矣禍莫大於好色德莫懸於

驕妬古今所畏莫甚於后妃不安其位預外廷之事而交外廷之人縱欲敗度不出於閨門而禍及于天地萬物草木魚鱉亦不得其所也伊洛竭而夏亡河竭而商亡日月告凶不用其行高岸為谷深谷為陵牂羊羵首三星在罶而周亡皆女禍也褒姒未生而西都之事已耿然於文王胸中矣悠哉悠哉所謂周萬物而及百世也大槩一國一家有人有土不以大小上下皆不當為淺近之謀為君难者一日二日萬幾之不可忽也况於家道之善惡女德之正邪為理亂存亡之大幾乎衛武公年九十作抑詩以自警曰

訏謨定命遠猶辰告敬慎威儀惟民之則訏謨大謀
也定命審定天命也遠猶遠圖也辰告及時頒相告
戒也敬慎威儀惟民之則正身正家以為天下之法
也此老成長慮之言文王未娶之年已先得之而唐
明皇以七八十暮年丗心祉席之鵠以幾亡其国亦
獨何哉

葛覃

人於天地間惟心而国於天地間惟家心正則一身
無不善家善則一国天下之事無不得一国天下之
家正如一人之身之心是乃萬世不易之道而為人

君者之所當深察而重念也葛覃一篇是矣篇中才
意主於后妃不忘女工而一篇之善凡三皆不忘女
工之所為二南之善凡二十五篇亦葛覃一篇之所
致正孟子所謂守約而施博之善道秦漢以来為后
妃而服澣濯之衣者寡矣葛覃之后妃其所服之衣
蓋屢經浣濯而不棄也古之為女者未嫁必有師已
嫁復不離此法制之善也至於尊嚴恭敬動止必咨
不止於空名虛位者則葛覃之末章可見矣父母在
一歳一歸寧礼也然所謂寧者嫁而能盡其婦道礼
義不愆室家咸宜然后足以安父母之心若春秋之

夫人内女其歸寧者固多矣至其賢明識道恭謹○無過足以慰父母之心者二百四十二年之中自宋伯姬許穆夫人衛莊夫人秦穆夫人楚文夫人之外其礼義之守可以必其不愆不忘者固亦少矣而况於敵苟載驅墻茨中冓之詩其為父母兄弟社稷宗庙之憂辱有不可言者乎葛覃之所謂歸寧非徒父母在之礼也有善之可稱無過之可言足以慰安父母之心而免於在家不敎之責也此一篇之善三也而以為皆生於不废女工者以后妃之不废女工則其無不愛敬者可知一篇之善三皆一愛敬之心所

為也二南二十五篇其二十篇皆婦人事也關雎后妃之德淑善幽閑也卷耳后妃思念其君子行役之勞也樛木后妃不妬忌也螽斯后妃不妬忌而子孫衆多也桃夭芣苢漢廣汝墳鵲巢采蘩草蟲采蘋行露殷雷摽梅小星江汜死麕濃矣凡十五篇皆二南風俗之善女德之正陰道之得而皆后妃之化不獨桃夭所致也兔罝羔羊甘棠皆丈夫男子之善序者說者皆以為后妃之所致麟趾騶虞王者之瑞而實皆文王家齊國治之應也愚嘗以為后妃之德凡五篇而一篇足以貫之二南德化本末合二十五篇而

五篇足以包之關雎之淑善幽閑美德也非有葛覃之不廢女工卷耳之專一樛木螽斯之不妬忌其足以成關雎之德乎人心之明見彼則曉此聞一則知二知十苟不廢女工則必能從一不妬忌矣能從一不妬忌則必不廢女工矣蠶績為婦人之本故關雎為二南之祖而葛覃為二南之宗三百篇首關雎而次葛覃正不為無說也何者居尊崇富貴之位而不忘敬姜之晝績則其心正身脩而萬善之所從生萬化之所從出者可以坐見而無疑是故五篇者葛覃之所成桃夭以下十五篇葛覃之所化夫十五篇之

婦人苟有一人或以富貴或以怠惰而廢其紡績之事則豈能于歸而宜其家人乎豈能和平而有子乎豈得而有采蘩采蘋之恭敬漢廣行露死麕之節操汝墳草蟲殷雷摽梅之專一小星之不妬忌江有汜之遇勞無怨乎鵲巢不知何国夫人濃矣不知何代王姬苟或耽於富貴而以女工為耻其足以成百两之礼而得有肅雝之德乎是故十五篇之婦人皆尽心於絺綌而服之無斁者也不然不績其麻市也婆娑淫佚驕妬無往而不為矣善惡之分一間而已女工廢則惰〻則衆惡集而禍亂生矣安得成二南之

化乎風俗化則無不淳女正扵内則男必敬扵外是
故兎罝羔羊草蟲之美亦無非葛覃之所感召所謂
為政以德譬如北辰而衆星拱之者也推廣葛覃之
心以成二南之化則天地以位而萬物以育麟趾騶
虞之祥亦在是矣豈非守約施博之善道乎男耕女
桑人道之所以立也故天子諸侯親耕以共粢盛后
夫人蠶繅以為衣服所以率天下之民使之皆盡其
職也處至尊而留心扵農桑絺綌之事者一以勤儉
其身而不生怠惰淫佚之心二以重民生之命而使
天下之人以桑麻五穀為金玉三以率天下之為男

女者以為至尊猶且為之弄脩矧其敢不夙夜乎四以正天下之心使之一一勤儉務本而放心不生敬心常存自然孝弟恭敬慈愛而朋浮惡德可以不恭而絕天地萬物可以皆得其所諸福之物可致之祥亦不期而至矣故曰人惟一心天下惟一家耳一事得則百為皆善宮闈勤儉孝敬則天下皆二南之風夫是之謂德夫是之謂化夫是之謂無為之治夫是之謂正其本萬事理有国有家者其可不深察而重念之乎而正身以先之葛覃之善皆文王之身有以成其后妃之德美二十五篇皆葛覃之化而太姒

之資則文王之所成也不然則又如文公詩傳所謂詩序但識后妃而不復知有文王者矣

召南羔羊

礼曰幼子常視毋誑謂其血氣未動當有以養其耳目一其視聽以全其真淳而為少壯成立之基人之交物莫要於目蔽交於前其中則遷欲之不可禁者以目之接不得其正也此雖強盛之年知方有守之士亦或失於墻壁之不密備禦之不豫而况乎幼子未知善惡而惟物之從乎故古之愛其子者常以法度之物日用之不可無者示之其非法不度足以

其目而搖其心者痛除深屏不使至於其前俾其得聽有常表裏不亂至於二三十年弱之教詩書聖賢之奔有不待鞭策勸勉而沛然以趍之者何也其本端而其事習也君之於民也亦然民猶子君父母也父母之於子愛之教之無不至君之於民也愛教兩盡始無忝於為君故曰天降下民作之君作之師惟其克相上帝君者所以愛之養之師者所以教之成之也此天理之當然天心之所在故曰克相上帝謂民皆天民愛教二者君之所以代天者也康誥曰若保赤子夫所謂若保赤子者豈徒愛之育之其所以

為之謀者固無所不忠也民之為道也耳目口鼻各
有所欲而耳目者物之所集心之和正昏明安危理
亂之所關也二者之中目為尤甚是故不役耳目百
度惟貞而不見可欲則心不亂礼以養目樂以養耳
而聖門四勿以視為先是故古之君人者昭德塞違
守法持正去奢從儉享質滯文以為天下先凡服器
飲食宮室車輿步趨行止人会遇交接在群黎百姓之
目中者大自日月山龍小至藻率鞸鞛大自明堂清
廟小至織絛罕奄大自郊禘朝宗小至飲食講問君
臣上下各加持守交相警勑凡理法度數之當然不

敢有一毫之踰越一日之放逸者所以一天下之耳目而定民志也其理義之自然旣有以得生民之常性而不待於作為其執守之確然復有以養天下之淳風而不至於惑亂所以三代之民礼教之俗常如魚在水草木在風雲雨露中但有生長收歛而莫知其所以為之者此其所以為盛也吾嘗味召南羔羊一篇而知周之所以為周文王之化近見於振振之公子絅直之士女讓畔讓路之小人而遠見於南国之在位五紽五緎五總服之不貳也退食自公委蛇委蛇貌之無欲也所謂心廣體胖是也凡有欲者必

見乎四体古之所謂失足扵人失色扵人人之視己
如見其肺肝者皆欲之誠扵中形扵外有不能以自
持者南國之大夫其衣服不貳而其行止進退從容
有常如此文王之道化扵是為深矣由其如此故以
刑其家則有采蘋之法度草蟲之自脩以牖其民則
有漢廣之不可犯野有死麕之如王南国之大夫如
此則岐豊之大夫可知岐豊之士女民庶皆小大之
臣咸懷忠良之所化則夫漢廣死麕之俗豈非在位
之節儉正直與大夫妻之法度齊斅有以感動鼓舞
而使之然哉虞芮之不爭不但愧其民之讓路讓畔

是亦無見其大夫士女從容澹靜有礼無欲足以刑
其闘辨貪競之惡耳漢廣死薔之女固皆文王太姒
之化是亦南国臨民有位之人朝夕在其目中其有
常不競脩身齊家之風足以相薰相翼而趨於善也
其色不可犯其容不可誘則其衣服必整斉坐立必
端方行步必詳雅語言必謹静故曰舒而脫〻兮無
感我帨兮無使尨也吠此其風儀容止至今猶使人
起敬若如唐之水邉有麗人衣裳照暮春凝粧耀洲
渚鬟吹蕩人心者又豈有不可犯之色不可誘之容
哉嗚呼有自来矣夫欲之不可禁也若火之燎于原

使在上有位之人不深思而敬守之則天下之心莫知其所止矣夫十二章之尊卑多寡之難辨辨以此事責之耳目股脉之臣豈不欲其制御謹度詳其辨而特其常以定天下之志哉易曰上天下澤履君子以辨上下定民志古人之所辨衣服車輿居十之七八矣使如賈生所斥秦人之餘風以告漢孝文者天下之欲豈得而禁哉古之王者關譏市察異言異服志淫好辟皆所必究使有位者不先謹於其身其家則民之不從其令而從其好者豈關市之所能禁哉昔鄭子臧聚鷸冠楚子王作瓊弁春巾君曳珠履蘇

秦張儀誇車騎輜重商鞅築井田築冀闕始皇作阿
房漢武起建章而王制遂盡壞天下之俗惟欲是從
莫知紀極四海之内皆礼記所謂無方之民也而況
於金谷之步障新豐驪山之錦綉有国有天下者不
為民人社稷之計有家亦不為子孫之計上下交逞
其欲不惟争民施奪而又以生姦雄胡羯之心然則
三復羔羊都人士緇衣羔裘之詩安得不使人重傷
今而思古哉紽緫雖不可詳大抵皆縫之義五其數
也緎疑有界域之意是其限也推此則紽緫可知羔
羊之皮或者以為取其有礼則夫狐麑豹袪之類豈

有所取而為之讀詩者優游涵泳取其声音气象以為存心養性之具可也或有古制之不可詳而必穿鑿以就吾之私說則反有害於温柔敦厚之全體矣

招招舟子人涉卬否

世之所共趨而我獨否有欲者發武累迹蹈覆轍其心焉而畏天顧義不棄其所性者寧餓死而不徃此易所謂同人于郊者也一陰居二初三四五四陽争趨之近者比而不去遠者應而不答伏戎以俟之乘墉以攻之大師以取之失之則號咷得之則喜笑一兎在野争之府也惟上九一爻不應而近獨上四陽

之外故為同人于郊郊者国之外也悪衆陽趍競之
卑脩然物外寧無所得而不入雞鶩之群也如此等
人似寂寥無味實天使之格邪俗障頽波立於高朗
蕭閑之地為群迷之燭其所関係為甚大也無斯人
則天理滅矣在詩則曰招招舟子人涉卬否招招舟
子相呼相命而往也人涉卬否利欲之途義不可往
衆共趍而我獨止也蓋所謂畏天者也顧義者也不
棄其所性者也有守而不隨寧淡泊寂寥窮死而不
肯為利祿之徒也蛾殲於眩蠅没於逐争利者死於
利徇欲者亡於欲惟物外不競之人雖躡原憲之屐

衣子路之袍而自天佑之安樂壽考以終其天年故

同人于郊而無悔之道而四陽者皆有悔者也人哉

卬否豈惟不棄所性是亦全身之道世之相呼相命

趍利禄之塗者視此可以鑒矣或以初五二爻無過

者也何以罪之曰易象然也自上九視之四陽皆利

欲之徒逐爻觀之則初五始為無過也曰上九不與

衆同而猶曰同人何也曰爻辭相因之例然也以為

君子未嘗不與人同同人于郊則同而不和同而異

者也如此說亦無不可矣

女曰雞鳴士曰昧旦子興視夜明星有爛

人與天地混合而為一故其一動一靜亦當以天地
為準則不可有一毫相戾處然后氣正體平德脩業
成無愧於天地而與之並立故曰進德脩業欲及時
也又曰終日乾乾與時偕行又曰茂對時育萬物及
者如二人相隨行當相及而不相先后偕行者兩皆
不息對者此然而彼亦然也夫彼然而此亦然彼不
息而此亦不息則惟與理相得氣與氣相順所謂不
愧不怍而萬福之所由生也是故禹惜寸陰成湯昧
爽丕顯周公坐以待旦孔子責宰予晝寢子路為季
氏宰質明而行礼宣王晏起姜后脫簪待罪古之聖

賢明哲不論有位無位莫不夙興夜寐孳孳汲汲其
下化之皆洗剔自治日新又新雞鳴而起嚮晦乃入
大則天下之事小則一家之政如鄭風女曰雞鳴齊
雞鳴二詩可以見其君臣上下長幼男女存心德業
一動一静無敢與天地相違者也日行一日繞地一
周入二刻半始昏出二刻半先明故夜常短於日陰
常缺於陽雖春秋分亦然不必夏也未出二刻半咸
池先浴赤霞上騰六合清明故今高麗古謂之朝鮮
以海色先見也此前二三刻中光明未発兆朕已動
生物無心而虛灵動静常與天應故雞為之鳴而人

之寢息至是叱動醒瓷毛髮洒淅百慮感人不可宴安於是男女皆斂簟獨席擲縱衣冠問寢視朝拂鬢而明風生開戶而天地曉當是時也萬物並作而人可不然乎旦氣清新萬彙脩舉女僮〻而中饋士蹌〻而在朝夫是之謂順也家人之道女正為要故二詩皆女先於男女曰雞鳴警其夫也士曰昧旦恐不逮也子興視夜復促之也明星有爛則天將明日將出矣鄭之貧女戒其夫於雞鳴之時而齊之賢妃勸其君於未鳴之前故誤以蠅聲為雞聲月出為東方明其聽之諦而視之久於鄭之貧女尤為早也千載

之下誦其詩想其事好德而不好色懷德而不懷安
敏疾而恭敬堅貞而清明在上則元首起而股肱喜
百工熙而庶事康在下則身脩而家齊德崇而業廣
究而言之血氣和平耳目聰明壽考惟祺介爾景福
夫然而后可以為成人矣日入而為夜日出則為晝
朽木糞墻之戒不止於亭亭日中者也煌煌東方星
柰此衆客醉此厲王俾晝作夜之事而后世以為常
大小宋文章煒燁一時而為鄭良霄魏曹爽何晏鄧
谷窟室之為自誇聰明傑利不知其鼓一世之人搰
與徇欲以重鬼神之怒也覆轍徃矣咸與維新不在

天萬化之祖日萬化之宗天運無窮日過一度爲欽盤

七月流火

不久在西則辰在東亦觀天者所當知也

去日極近遠而不過二十餘度可見之時少惟太白

白號者謂啓明爲木星非也長庚啓明皆太白木星

有五緯以此自警也可不戒哉可不懼哉明星謂太

民之草又曰夙興夜寐無忝爾所生衛武公年九十

變此事未有以爲言也詩云夙興夜寐洒埽庭內維

漾其流故風俗日偷守衛日危國家日亂以至於大

於後世乎隋唐以來鄭衛之流行不息而靡靡之流俗

日會也日運每日泝天一度爲欲與天會也天日胥
會則爲一年而萬化成古今之行信有常矣然有歲
差之法謂天與日每年各退若千分天以左旋退而
東日以右行退而西以唐一行之法推之不滿八十
三年天日相差共一度曆臧半日天官灵臺積候驗
之蓋信然也其法可曉而談經儒者多未察蓋不但
堯典中星與日合日在今皆不然如七月流火定之
方中之類今皆不可擬矣火大火心星也流下也七
日夏七月其詩則言公劉時事也虞夏時立秋日在
翼軫公劉后稷曾孫當夏后之時故日没星見而大

火傾倒于申未之間由田野而觀則流而下也人火赤色陽盛故昏中而炎熱西流而寒至九月授衣謂寒之將至也孟子曰苟求其故千歲之日至可坐而致也夫七月而火流所謂故也故則可求而今不可求也日麗中街小暑已至而火猶未中也秋風既生寒蟬已鳴而火猶未流也以二十四位候之立夏熊熊始出於東方芒種夏至高臨辰巳大暑立秋正中于午白露秋分而后卯風之西流可歌也本以候寒暑而漸與寒暑不應可疑也非但今可疑也循今已往千載之后復如公劉至今則當八月中而九月流

又千載后則九月中而十月流又千載后則十月中而十一月流蓋可疑也自公劉至今已差四十餘度則自今至于千載之后可懸知也此則孟子所謂可坐而致然氣運與列宿不應可疑也左氏龍見而雩龍者蒼龍全体而大火其中也見者全體皆見也建巳之月也龍見則火浸昌有旱之理故雩祀上帝為百穀祈雨然今建巳之月火始出全體之見在芒種以后使国家行雩祀之礼不可待也不待龍見而雩於義復無據也火伏而后蟄者畢而火未伏火晨中而寒氣退今寒已退而火未中定方中而宮室作今

農功畢而定猶在未也猶有可疑者北斗天之綱紀
十二月杓建各指地之十二辰所以應天運而昭蘇
目也自歲差以来杓攜龍角魁枕參首如故而奎頭
望之雨水猶未建寅春分猶未建卯千載之后其違
又遠此不可之尤者也周秦以来月建在子日在星
紀月建在丑日在玄枵其餘東西相互皆然此陰陽
家所以有子丑寅亥卯戌辰酉巳申午未之合也隋
唐以来益相違去今則月建在子日在尾箕月建在
丑日正在斗月建在寅而日在虛危月建在亥而日
在氐房月建在卯而日在室壁月建在戌而日在軫

角月建在辰而日在奎婁月建在酉而日在翼軫月
建在巳而日在昴畢月建在申而日在星張月建在
午而日在觜參月建在未而日正在井六合大體皆
相背各及下旬始稍相應復七八百年則月建子而
日全在寅月建丑而日全在丑月建寅而日全在子
月建亥而日全在卯然則謂子與寅合丑與丑合卯
與亥合辰與戌合巳與酉合午與申合未與未合可
乎月建十二月斗杓昏建也律中黄鍾而建子蕤賓
而建午其常也今不惟日在之辰與月建不合而月
建自與十二月不相應蓋律中黄鍾而年杓猶相違

亥斜中雖寅而斗杓昏猶建巳陰陽家世守六合之說而兹事皆罔聞知是亦羲和之昏迷矣日在不合猶可說北斗不建寅可疑易曰觀其所恒而天地萬物之情可見矣此非所謂不恒者乎切嘗妄論所謂常者有小有大有一日一月之常有一歲一世之常有千萬世之大常歲差者天之大常也以八十三年一度推之盖三萬年而差一周自堯以后三萬年二至二分日在與四仲鳥虛火昴依然子午卯酉四正復如堯時然則堯舜禹之精一執中與時雍之治可復見也但吾黨不得而與爾此豈天地之一大常乎

孟子之言易傳之説千載亦可萬世亦可固不可以
一世概也
東山采薇杕杜
一帝三王與秦漢以来之用兵其旨意甚不同者尚
存於詩書而儒者多未詳不但上之人未之講也觀
之東山采薇杕杜亦可見東山者周公之勞歸士也
首章但言滔滔不歸則但有日月之久而未嘗有戦
攻之苦死傷之戚矣繼之以我来自東零雨其濛亦
惟述其在途之勞而已我東曰歸我心西悲則但有
思歸之人而無不歸之士制彼裳衣勿士行枚則三

年在東有行陳銜枚之事而未嘗有死亡之人蜎蜎
者蠋烝在桑野敦彼獨宿亦在車下道中觸目感興
之事苟有殺傷不歸之痛又何暇於此若已無死傷
而同行者有之亦當為之傷痛而不暇及於此矣后
章伊威蠨蛸町畽熠燿果蓏栗薪之類叙其不歸之
久而廬之荒也若有殺傷死亡則得歸為大幸而此
等皆不足道矣鸛鳴於垤婦嘆於室嘆其道途被雨
之勞苦也脫或寡人之妻孤人之子獨人之父則含
其四隣慟哭之聲而但述其一家思歸嘆雨之情亦
豈在上者之心哉末章所謂親結其縭九十其儀其

新孔嘉其舊如之何太足以見周公之東征全師制勝不輕用人不得已而起完全而歸但有三年之勞而無喪敗之事九十其儀者新娶之禮也其新孔嘉其舊如之何者述其夫婦新娶遠歸之至情也當其隣里鄉黨有哭死吊傷陳衣設奠之類則為此詩者亦誠何心此孔嘉而彼何不淑其舊如之何矣其身膏草莽永無相見者又將如之何哉置死亡之至哀而但敘生全之深樂亦可謂不仁是有國有家寇亂寧免征伐備禦無時可撤因非甚恭人非牛羊出當遣戍歸必勞还如采薇杕杜東山者皆古人用兵之

則徂征苗之師伐桀代紂之兵征有扈羲和伐鬼方之旅當無不然非但文王為然如是而后足以盡上之仁如是而后足以盡下之忠如是而后可以用民如是而后可以享國是故采薇之遣戍不慮其死亡傷害而但閔其行道之饑渴雨雪之苦辛則文王之制昆夷玁狁者必有其道必不至喪師殺人知杕杜之勞还歷言女心之傷悲但以其夫道路之勞日月之淹耳儻其隣里鄉黨有哭死吊傷陳衣設祭之家則杕杜之詩亦何可歌十人而亡其二三則為之上者有愧矣儻或至肝腦塗地則以禹湯文武周公之

心豈得自容於天地之間遣戍勞還例也儻有一日
以死亡之多而不用則為人上者之慙亦不得寢食
自安矣此王霸之分義利理欲仁不仁之殊二帝三
王后世之不同皆判於此仁則行一不義殺一無罪
而得天下者弗為不仁則一日殺數千萬人不以為
愧仁則視民如傷愛之如子不得已而后用必不敗
而后舉不仁則牛羊用之草芥待之驅天下有父有
母有妻有子之人以逞一人之豪氣濟一家之私欲
仁則天下為一家不惟不欲殺己之人亦不欲殺敵
之人不仁則糜爛其民而復驅其所愛子弟以徇之

至於讀書為儒而韓魏公尹師魯亦有用兵嘗皆
敗於度外之言好水之敗五路之兵全軍皆沒父兄
妻子持故衣紙錢號於馬首當是時也使周公處之
當如何其慙怍后世之人誰復以聖智稱之賢如魏
公但能一時悲憤掩泣而已未聞其以為終身之愧
負也嗚呼真儒之率古人之心讀書者不知之久矣
讀書在前而論兵者至以殺人喪師為常事是可為
不仁矣野曠天清無戰聲四萬義軍同日死任其責
者不以為罪尸其事者又愛其人古今土俗之不同
久矣其可不重思而亟反之哉或曰采薇二章所謂

憂心孔疚我行不來豈非去而不歸之謂乎曰此二句與四章豈敢定居一月三捷相對蓋敘其以義爭上赴敵致死盡力我行必勝無敗之心以徼勸督之也若以為有死無歸則是致之死地若擊鼓之所謂不我以歸然也是豈為人上者之心而遣戍役之所當言哉

相彼鳥矣求其友聲矧伊人矣不求友生神之聽之終和且平

天下萬事苟可以達之天地鬼神則皆性命之所有義理之當然五典父子君臣夫婦長幼皆天命之不

可已至若朋友一倫其血脉似不相屬若為可有可無可離可合而非天地之所設鬼神之所臨者然詩人以鳥起興以神之聽之終和且平結之祭之於樂意相關之禽語而合之於洋洋在上之鬼神則朋友者固天地之所設非人力之所為也皐陶以為天叙則朋友之義列之性命久矣兊之大象曰麗澤兊君子以朋友講習講者相與講論以明理習者相與熏習以進德也若兩澤相麗相灌相說合而為一其為天叙之一豈不然哉君臣夫婦父子長幼四者人倫之大而其理之明德之成非朋友講習不可也故朋

友一倫所以成就乎四者雖居四者之后實有成就
四者之勢神之聽之豈不和且平哉○朋友之義見
於易之兌卦玫不為無意也夫兌者說也麗澤者兩
皆說也天命之性人皆有之而或不能以自盡必得
朋友發明則一斍之間自有油然而說於心者其進
自不能已其生自不能息若無所說則其講孝則善
乃是強其所無則亦扞格齟齬而不能以相入矣講
習而說說而不能已是皆性命之道固然之理神之
聽之豈不和且平哉

獻酬交錯礼義卒度笑語卒獲

度即度也度者事物本然之定理天之裁制已定者
也度者人心之同然心與理合義見其當然所謂萬物
皆備於我者也獲得也得其理之當然而無所失亦
謂礼法已定而人事則有得失也獲者得之也不獲
者失之也射義之獲意正謂此所謂君中之則為得
君之道臣中之則為得臣之道子中之則為得子之
道父中之則為得父之道是也笑語雖微亦有當然
之理故曰笑語卒獲見得古人事無大小皆欲其合
理也卒度卒獲又可以見其詳到底至事之終而不
亂不迷也惟得之者少失之者多得之難而失之易

故謂之獲〻者得之難也畢旗田待之獲是也〇度即度也度其合於天理之制分數一定而非強裁也獲得也得其當然也凡笑語皆有當然也天下萬事無一非理于此可見

興雨祁祁雨我公田

尊君親上之心無人不有亦在乎上之人有以得其心耳君民上下天叙也苟得于天則誰不有愛敬之心然所以遂其心者在乎有以得其心得其心則得民得民則其所受于天之性命蓋日用而不之知耳興雨祁祁雨我公田尊君親上之心也而其所以然

者不無其故矣公田井田也九百畝中之百畝也雨
則無不雨矣而特獨殊之別之者尊之〻辭不爲殊
之別之而復加之以我之一言則親之〻辭也尊敬
而親愛尊礼而愛仁尊父而愛母尊天而愛地是故
天賦之定命而亦豈非井九百畝八家同井之制有
以使之得其生而闗其天者乎礼義之性天也而田
之井則上之所以予其民者也吾想夫十千維耦之
時千耦其耘之際得無凄然油然而動其感恩戴德
之心者乎頌聲之作豈無所感而然者乎與雨祁祁
則其理尤深而源尤長也祁祁之雨不破塊之雨也

既優既渥既沾既足無助長而無不成者祁祁之雨也豈非肅若之效而燮理之功乎震凌淫潦彌月踰時愁咨之聲有不可止豈有暇於歌之頌之者乎井田以樂其生祁雨以優其力渰萋萋之興禮義之心何可遏也是故田之必井所以成性命雨之祁祁又以起和樂二者上之所以得民之道也是道也非深求其故潛用其功以堯舜三王為本領以於穆不已為工夫有不可以一日能者若夫下之愛敬其上之心則固無一日而忘者矣

肆成人有德小子有造古之人無斁譽髦斯

十一

無人不足以立天地無人才不足以立人虞夏之九德商周之三俊前聖后聖所以綱紀天下植立三才其急務精意一在於此而其明功著績參生成熟未有不造端於夫婦發機於暗室屋漏之中者其功化之神妙風氣之薰蒸如巨冶之鑄江海之涵四時之育然莫非一人端本以起之主一以持之勿忘勿助以成之天下之人見其成就人才之功格於上下而不能跡其所自來非有淵深明哲之人不能見其本末也大雅思齊篇作者未知何人今以其末章四句

观之非深知文王道化之本末者不能也成人有德
自冠以上至于壮老莫不全其得於天者也小子有
造自八歲至十五皆有所作興造者造端開基之謂
謂其所以啓迪導養之者莫非正也非造端開基得
其正未必至於成人而有德也成人有德目前之用
小子有造方来之需也今日有德前日之有造今日
有造他日之有德也耆闕望也髦俊秀有德則名耆
著闕有造則才器長茂然原其所自来則有天地四
時之功而人不之知彼成德有造之士亦有所自来
何若人才之成就本於文王之神化而文王之化之

所以神者有一息之間斷不能也故曰古之人無斁譽髦斯士無斁則無間斷無間斷則神神則無所不到在一時則洞達幽明在后世則無窮之用也譽髦者士之聞望才器而莫見其出於文王之諟獨故以其出於士之身者深探其本而言之言此士之譽皆文王無斁之所使此士之髦皆文王無斁之所成人見其為士之譽而莫見其為無斁之輝光見其為士之髦而不見其為無斁之精華非惟人不之知彼為士者亦不自知其所以然也此章根本實在前四章所謂無斁者蓋總太姒嗣徽音以下三章而揔之以

一言也一篇之内惟太任之德不繫文王自太姒嗣徽音以下皆文王無斁之事二章合鬼神太姒家邦而言寡妻以見其造端家邦以見其功化宗公鬼神以見其精微三章則言其所以然者雝雝在宫肅肅在廟不顯亦臨無射亦保乃其所以惠宗公樂鬼神刑寡妻而御家邦者所謂無斁也肅雝宫廟無斁之著形不顯亦臨無射亦保無斁之精實也非無斁豈能洞達幽明至於此也四章則又首之文王之身以見其工夫之所到定力之所形至末章則遂言其功化之極深切久長為子孫無窮之用何者人才者綱

紀斯人維持国家之具非惟宗廟社稷之所持亦天

地鬼神之所依然其所以變化成就使其才德無不

具功業無不成而為子孫百世之用此非言語之所

能令法制之所能驅也學校庠序詩書礼樂不能無

及其至也無一不本於君德而君德之成未覩不由

謹獨也謹獨則為天德天德之行則有四海之功而

無不成矣是故成人有德出於不顯亦臨無射亦保

之中先儒嘗以大雅文王篇為周公之作以有無聲

無臭萬邦作孚等語也此篇本末大意亦然必非浅

近者之言也古之人本指文王亦含堯舜以来皆然

之意射斁古通用無射亦保言其平時工夫此無斁則總其始終大畧而言也第三章在五章之中先言無斁之實以為一篇之主至五章則括以無斁二字以盡其功化之所至其首脉次序亦不苟矣又此詩作於成王時所謂斯士者正指當時之多士謂其風氣大成非但文王當身一時之用也可以見其深遠之功矣又謂之斯士亦褒多一不 之辭后世之士才德皆是自成未嘗出於上所以常少而不多也

無射亦保正是戒慎不睹恐懼不聞

其德克明克明克類克長克君

治教之位惟幾而后足以居之夫位之難者明之難也明之難者明於幾之難也明於幾則所以為教為治者皆不失而無忝於其位不明於幾則惡之萌不能絕亂之源不知窒萬事日入於非而一人之身其過多矣其德克明克明克類克長克君詩人美王季之辭也而其要在於克類克類者明於幾也明於幾者明於善惡之以類相從也如是而后為明如是而后可以為君為長此君道之所以為難也天生民而立之君以治之立之長以教之君長一人也而君之道主於治長之道主於教君君而長師也君師兼盡

而后足以為君是故為君難也何為君之難也一日二日萬幾之難明也一事之非一言之誤或以貽四海之憂一日之荒一時之忽或以致千百年之患幾之不可不明有若是也天下萬事一陰一陽而已一陰一陽者理慾善惡邪正公私君子小人治亂存亡各以類而相從者也理之類至於為堯為舜為太平為盛治萬人萬物無不得其所也慾之類至於為桀為紂為衰亂為死亡萬人萬物無不失其所也忽其萌千尋萬丈不可遏也忽其源滔天浴日不可止也類之相從理勢然也知類者辨之於萌芽不知類者

任其所生長知類者常守其善而防其入於惡不知類者從其入於惡而不知其害於善若漢以黨錮亡而起於和帝一日之用鄭衆唐累世女禍而起於太宗一時之惑楊氏皆以類而從也是故三風十愆不可有一有一則方以類聚矣創業垂統欲其可繼繼者亦以其類從也古今禍亂之源如和帝太宗者不一然必明而后見之必見之而后為明故大雅羡王季之德曰其德克明克明克類克長克君克明者君長之道然所以克明者在於克類故再言克明而歸之於克類以見其所以為明不然則不足以為明也

類之云者見幾之深明於方以類聚之義也方者物理事情之所向動之初而事之始也所謂幾也向於善則萬善從之向於惡則衆惡從之以類聚也是故一陽生則朋来無咎一陰生則堅氷立至方以類聚者也文王周公以易教人王季之克類父子祖孫之家季也君所以治長所以教教道得而后治道成不善之教一時則天下從之而亂繼之后世則子孫效之而亡繼之天下從之桀紂晋武唐明皇是也子孫效之唐太宗是也而其源則皆迷於方以類聚之義故也然則為君之難豈不然哉克若能也足以任其

事而不徒有其功之意讀者亦當知也繫辭以豫之介石不終日為知幾而詳之曰君子知微知彰知柔知剛萬夫之望知微知彰知柔知剛充類之明也萬夫之望君長之謂也詩易之義有若符契皆聖人垂教之精義也

帝謂文王無然畔援無然歆羨誕先登於岸

嘗謂吾輩事業常如耿舒所謂伏波將軍似西域賈胡到處輒止聖賢事業如項羽救趙沈船破釜甑持三日粮示士卒必死無還心又如趙奢擊秦軍一日卷甲趨關與先據北山上以待又如李牧破胡畜力

累年簡選練習皆百金之士不貪小利不信小人激
勵賞勸一一思奮然后用之千里不留行大槩聖賢
之於道惟無所係累故其靜也專其動也直一蹴而
可至吾輩於道徃徃為外物所誘內欲所累所見輒
留於目所遇必膠於心故常稽留底滯至道無期有
皓首終不得一到堯舜孔顔之地者無所歸咎一一
在於有係累而不勇故也易曰係小子失丈夫係小
則必失其大無兩得之理也此四句足矣第五章古
註粗淺無義理毛謂岸為高位鄭謂畔援為跋扈歆
羨謂貪人土地先登於岸謂先平獄訟陋哉言也蔡

子曰畔離畔援拔援援也謂舍此而取彼也歆欲之動也羡愛慕也言肆情以徇物也岸道之極至處也人心有所畔援有所歆羡則溺於人欲之流而不能以自濟文王無是二者故獨能先知先覺以造道之極至也此与古註天壤隔絶大抵無所係累則其至道不難也凡天下累人之欲如富貴利達姸姿厚味人心惟危鮮有不為其所惑也又有异言邪說小利近功披巧辭章神仙釋老之類足以動心目役精神亂志氣而奪操守者非氣質至清養力積久者不能不為之累也大則荒迷沉溺小則維綴係留沉溺者固

無至道之日也惟聖賢君

子道心常為主人心常聽命定力生於純一真勇發

於清明無事則身心澹然一動則天理充滿故曰我

欲仁斯仁至矣蓋無係縻無夾雜故其造道入聖自

常人視之不啻千萬里之遠自聖賢君子視之常如

咫尺之間户庭之內也皇矣第五章純是此意畔謂

離去正道援謂扳取他物所謂飈却甜桃樹沿山摘

苦梨也凡去正就邪舍善取惡皆所謂畔援也仁義

忠信天爵尊榮而不貴富貴榮達無非外物則役

心苦形以求之所謂畔援者也堯舜孔孟之道尤難

之術膏粱之味舍而弗由棄而弗食至於詖佞之言
邪衺之說晦冥之迹稂莠之種則甘心而顧之俛首
而趨之什襲而寶之是皆所謂畔援也歆者見而勤
羡者欲而留蓋其所以畔援者也富貴紛華妍姿厚
味為此而動為此而留者常人也至於權謀術數足
以小成則急於近功而不為遠圖者之所貪左道邪
辭新奇宏闊則又高明亢爽者之所喜也常人之所
係留固西域賈胡也儈迅高明蔽功名惑新異者亦
西域賈胡也易曰舍爾靈龜觀我朶頤又曰見金夫
不有躬此常人之所係留也若無妻之匪止有肯不

利攸往則高明充爽之所係留也方爲此而止復爲
彼而覊甫爲甲所綴複爲乙所留何時何日而至於
堯舜之地哉惟文王之心至清至明至純至粹若此
之類一毫不留故其造道之速非他人所及其曰望
而未見則其謙讓自牧之常非其有所未至也誕大
也如茂叔時之茂皆盛大勇決而無所係之謂也他
人於道遲留進退意氣不盛惟文王則浩然沛然率
而得其全体故曰誕先登于岸与釋氏彼岸亦不妨
其爲同即至道所在也帝謂文王文公謂文王能如
此實天命之猶有一說蓋人心多自迷昧有所畔援

歆羡皆蔽而不覔惟明者與鬼神知之蓋虚照也無
畔援歆羡惟文王則見于幽獨之中上帝則見於冥
冥之中不惟見文王之無於常人之有亦無不見見
善則見惡也嗚呼世之顛倒於利欲之塲豈知岸浮
乎其上者無一時一刻而不臨之哉其或本無邪心
而惑于異端新奇無以決其勇而成其仁者莫建諸
天地亦悖質諸鬼神亦疑矣

昊天有成命二后受之成王不敢康夙夜基
命宥密於緝熙單厥心肆其靖之

天之祚德也非一日之監視君之得天也亦非一世

二世而遂可以自安不虞也關昊天者廣大無邊以
成命觀之則其於二后之閒居独处暗室屋𥪡之中
盖潜窺而深見之所謂大無外而小無内者即與雖
曰浩浩茫茫而其無在不在及爾出王及爾游衍之
意常与人之動静為一而不可有毫髮之間斷也二
后受之亦有自反而不敢辭之意在帝左右是也夫
天不離於文武而文武之所行本不離於天有一毫
之離於天雖與之而不敢受也夫以天之命我有周
也已成而文武之受之也復無所辞則為成王者宜
𢘅可以撫九重而朝万国恭𢘅而受天下之奉飲食

享樂以享其所成所受可也而猶不敢康夫其不敢
康者非過於憂慮也四海之大閭閻之隱鰥寡無告
何可勝窮爲君之難稼穡之艱博施濟衆之病自堯
舜禹湯以來世守之雖麟鳳在郊井露醴泉洋溢九
野而戒慎恐懼之心不少息此周公之所以作無逸
也豈惟不敢康而已夙興夜寐孳思有以固其已成
已受之天命其根本必使之如竹之苞其枝葉必使
之如松之茂遲其集義之歲月而無揠苗助長之心
研其理欲之精微以至於精義入神之妙蓋基命者
即易之正位凝命康誥之宅天命宥密者即乾之寬

居仁行中庸之廣大精微蓋莫非為君難之當然而成王能之非有得於周公之素不能也不然為此詩者蓋甚精至固非諛其君以不實之語者比也蓋自是而文武之緒益繼續而不墜愈開拓而光明子孫之心于是為盡而宗周之廟社亦至是而始安故曰於緝熙單厥心肆其靖之益有周之大命雖定於文武至於大定則與成王之功以金縢觀之周公之於國家猶凜然也苟不得成王之緝熙鄉鄉之嚮其能遂不攖乎闕則逸樂而亂亡起矣且天命有周已成於文武而召公告成王方以成命期之已基於文武

而周公告成王方以基命定命告之二公之言見於召誥洛誥可考也豈非周之大象為人子孫者當世世不忘哉此章乃康王以後祭成王之詩故天與二后各止一句而成王凡五句舊序以為周人郊祀天地之詩註疏惑之皆以成王為成其王道而不以為成王誦文公詩傳各以辨其非矣兹不復贅

石堂先生遺集卷之五

石堂先生遺集卷之六

宋寧德　陳普　尚德

講義

春秋

考仲子之宫初獻六羽

諸侯不知有王制聖人之所傷也猶知有王制亦聖人之所幸也聖人之於王制拳拳也成其所不當成是不知有王制而棄之也譏而誌之傷之也舉其所久不舉是猶知有王制而存之也從而書之幸之也

王制所以一天下靖生民也一或棄之則亂源一開

天下之欲莫知其紀極胥而入於亂矣能無傷乎一
或存之則治具猶存天下之欲猶有所禁止所以開
太平也能無幸乎聖人之心無非為天下計也此考
仲子之宮春秋所以罪隱公之不知有王制因仲子
之宮而獻六羽春秋之所以幸隱公之猶知有王制
考者遂成而不及之意初者久廢而復舉之辭聖人
之情可見矣考仲子之宮初獻六羽其義如此春秋
為王制作也非為王制作也為天下作也王制行則
天下定于一萬人萬物皆得以生長食息於天地之
間王制亂則天下之亂生於人欲之無涯九疇五福

成數其倫萬事万物皆失其所末流之禍有甚於懷
衰之流者此春秋之所以作也此春秋之所以始隱
也五伯迭興吳楚漸大日食三十六山頽地震孛入
北斗大辰天下之事漸入于戰国之靡爛者東遷以
後諸侯各逞其欲而王章日丧也濫觴不窒滔天可
立而待也萌芽不剪干雲可坐而致也丹楹彫桷一
楹一桷而已而礼之所由壞也猶繹去籥一繹一籥
而已樂之所由傾也然考仲子之宮聖人之所以傷
之也遊子不返一夕而歸其喜何如也塞馬久失一
朝而得其慰何如也葬蔡桓侯独曰侯者喜其独請

謚於王而君臣之礼未澌也猶朝于廟謂之猶者幸其礼之不遂廢而諸侯之礼可考也此初獻六羽聖人所以幸之也仲子桓之母也惠公惑於手文再娶之夫人也諸侯不再娶王制無二嫡惠公首乱之平王不知正之以王法而反賵之隱公不政爻道而遂成之非嫡而嫡不當賵而賵無宮而宮惠公隱公無遠慮而平王之不君不天也聖人傷之以為王制自此而衰諸侯之欲亦將自此而不禁故於宰咺之歸賵隱公之考宮不例之於文姜成風去其夫人而謂之仲子列之於庶母之例焉蓋所以正平王惠隱之

非而考之一辭乃不疑不慮而遂成之意所以罪隱
公之不思而傷亂源之遂開也然而考仲子之宫隱
公之不知有王制為可罪因仲子宫而獻六羽隱公
之猶知有王制為可幸也周公在臣位也成王召公
不知其志而使魯用天子礼樂伯禽不知父志而安
受之遂使周公負欺天之过而魯之群公亦曰而享
天下之祭其末流至奪八佾於陪臣之庭者成王召
公伯禽之過也隱公成仲子為夫人以無宫為有宫
罪也殊仲子之宫於群廟謀之衆仲而獻六佾焉雖
六佾亦非仲子之所宜象也而諸侯之礼樂由是而

復見則存王憂世之心所深幸也冠一字而謂之初
者周公之志久晦而不覩周公之道已衰而猶可扶
也蓋聖人以身當世道之衝明著諸侯敗度敗礼之
罪所以詳世道之所由降而謀其所以救之之術也
人心未亡天理猶在諸侯有不忘王室而率旧章於
已墜者必深許之所以立太平之基而示还淳之意
也考仲子之宫在瀾之既倒也初獻六羽而砥柱復
訖然故曰無臣而為有臣吾誰欺卜天乎此罪隱公
考仲子之宫之意也尔愛其羊我愛其礼此幸隱公
獻六羽之意也或曰夫人子氏薨是不丟仲子之夫

人也曰此左氏杜預之陋也穀梁子曰夫人者何隱之妻也

禮記

毋不敬儼若思安定辭安民哉

敬者明善循理固執不放之謂毋與無同毋不敬事事毋不敬也毋不敬是動時儼矜莊貌儼若思儼然常若有所思也謂靜而無事時或問於程子曰出門如見大賓使民如承大祭未出門使民時如何程子曰此儼若思時也安謂不害義不害物無怍於心無悔於後定謂常於心始終不易人之一身惟動靜

言辭三者而已儼若安定實同一敬毋不敬一語亦
如仁之包五常也論語曰詩三百一言以蔽之曰思
無邪范氏曰經禮三百曲禮三千亦可以一言蔽之
曰毋不敬然則毋不敬一語非但一書一篇一章之
首也哉嘆辭以其事若難明而功有必至故嘆之以
示人毋不敬儼若思安定辭安民哉所謂篤恭而天
下平也事若深遠而用之守之其功則有所必然矣
此爲君者萬世之常法學者之學亦不過舉此而措
之不以家國大小遠近皆有實效明驗不用則已公
内事常在我也疏云曲禮是引儀禮正經今不見者

或在三千散亡之中。然則此四言乃古之㫖者相傳之法語，至秦漢間猶存，揭之篇首，足為一大綱領矣。

○道者，天理之正，天下萬世之通行。得此理於身心而無所放失，謂之德。仁即理之流行而無所壅閼，義者理之宜，施之事物，各得其當者是也。蘊諸心而無迹，形之酬酢而后見，事事皆合於禮而后成。故孔子荅顔回問仁，曰克己復禮為仁。其教人也，莫先於禮。所謂文行忠信，四者莫非禮也。文謂詩書六藝，無一言非禮；無一事一物非禮也；行，行也；日用之常，非禮無可行者矣。存心於禮，行之必盡，而無敢自欺，是忠

事〻皆礼則得其理之實而無虚妄便是信若主拎言則孝者之常言何莫非礼法規矩惟踐而實之為難耳

礼聞取拎人不聞取人

此二句細推之甚有可言不惟使有道者不為利所縻不為人所制盖可以見道德才能者天下之器国家民物之資取人者當殊而待之尊之富之貴之皆在此而不係拎其人之身為人所取者亦當持之守之不可假借以為富貴利達之資雖以此得富貴而皆所以治人理物拎吾之本身初無毫髮之相干也

推而上之則舜禹有不與焉此義充而盡之則萬人萬物各得其所矣聞者傳聞虞庠夏校以來之所謂聞士之有天下民物之志者之所世守也取於人者取之於其人其所取者蓋自有物不于其人蓋于其道德可以爲教才能可以爲政其所貴重在此非以其人之身也可見古人用人無非爲道爲國家民物而非他有所爲國家民物非才德不治用人而以國家民物取之則其訪求選擇建立位置必不輕選擢位置不輕則位必得人而有道者必得位萬事得其理而萬人萬物得其所一得而無不得矣取人者取

其人之身雖或以其才德而未嘗殊之以為重專之
以為主往往為利禄是以來之富貴足以留之不知
位者治人理物之具禄者所以稱其位也因緣循襲
富人貴人者皆主于其身而不以其道士之仕者亦
以身為主而不知道義之當守職分之當盡至其末
流則国家民物之器與古之王者用人取士本意皆
棄擲不恤迷昧不知天下之大四海之廣利欲紛紛
茫茫而民物之禍莫知其極盖一失而無不失也二
句之義其究極盖至此是豈可軽也哉聞者奎士大
夫之詳開也古今天下之大義王者用人取士之本

意四代李校庠序講明久矣四書六經中亦多可見
徃匕止一二字而實經世之大義為民為物之深意
以忽心讀之觀而不見苟以誠心求之則皆可以坐
而得之也○取於人則在上不輕用而在下亦不輕
棄取人則其末流必至於爵位皆利欲之私物而在
上者且以私喜私怒私好私惡而富貴貧賤天下人
而民物之命無所係矣比之無首其義正如此

礼器是故大備大備盛德也礼釋回增美質
指則正施則行其在人也如竹箭之有筠也
如松栢之有心也二者居天下之大端矣故

貫四時不改柯易葉故君子有礼則外諧而
内無怨故物無不懐仁鬼神饗德
此篇不知齊魯何人作觀篇首一章游夏之徒或未
能及蓋非有見於礼之全体定則一毫不可增損出
於天而和於物者不能道器字義味甚長註蹈未得
其半器者日用闕一不可必須有之又須宜利流通
於人無疑於物無礙如十三卦之所陳貴賤上下四
民五礼之所用秉耜錢鎛至於曲植篚筥其上者車
輿冕服旂常旒縿礼之爵俎樽罍樂之筦磬鍾鼓凡
此之類制度有定動静有時有之則事成無之則礼

靡一毫智力無所用於其間也礼之於人亦若是君臣父子国家天下何処可闕何事可無何時可靡其多寡隆殺就事節度随時取中倚一偏闕一節増一分皆不行如農桑工技之家佃漁之用軍旅之需纖悉畢備不多不寡中和便利有子所謂礼之用和為貴和而不節亦不可行晦翁所謂天理之節文人事之仪則嚴而泰和而節乃理之自然礼之全体也毫釐有差則失其中正而各倚於一偏均於不可行此之謂也大備如有虞成周之世三百三千無一不李盖於其全体定則見其分毫不可闕品節脩李無不

盡也是故二字因器字而言如農桑家所用尤不可
闕而具足非有意之為也可闕則不能備矣盛德即
所謂苟不至德至道不凝非舜與周公三百三千如
何脩率得盈如勤農務本一心不惰之人耒耜簑笠
凡耕耘收穫所需無不備具完善少或怠惰無志則
必破闕缺少薄惡不利視其田則維莠驕乜而巳人
而不仁如礼何亦此之謂也田者彎曲柔邪不誠不
直釋田即橫渠張子所謂孝礼便除去世俗一副當
習熟纏繞自然脫洒上去者利欲私意曲邪不直妨
人害物者何限惟明於理則見理之全体定則私欲

妨害亦畢盡然收斂鞭辟削除解脫其用工如梓人用
繩墨如為嘉樹解藤蔓之為加殺去稂莠使其正直順
遂上達而无害也美乎發者忠信之人明於禮則發卷
跡達不循不愚挺然有立藹然可親如巧笑美目而
加文飾所謂增者亦非外面增添不过從本根發出
使融暢流行不至於稿死无用而已措猶安頓亦時
措之措正字與直字之意亦不爭多施用也措靜而
施動也措如陳器設席位施如祭饗獻酬措如加之
各事各物之上施謂行之国家天下正者適與相當
不咈其正性定理所謂中節之和天下之達道行即

所謂小大由之得於人心天理無不受焉者也譬如禾稼用之田而合宜置之家而非無用之物放之四海而無不以爲然非若買而不售者之比也筠者竹青皮堅固收束内護外扞内完固而外無染也如竹箭之有筠所謂義以方外也如松栢之有心所謂敬以直内也存於中所以檢其外制於外所以養其中也好礼則收斂身心屏除物欲其精則存心養性其麄則固其肌膚之會筋骸之束所謂如竹箭之有筠也中心誠實志無虚邪不屈於物欲常伸於物上正由中出表裏洞融無間無害所謂如松栢之有心也

竹箭所恃在筠松栢所恃在心不然則皆朽敗人之為夲不如竹箭之有筠則外縱弛而内隨之不如松栢之有心則雖外施威儀不過色厲内荏其濁可立而待也不仁如礼樂何亦此之謂也亦如禾黍外有制度無過不及内則倫序故為天下之大端合而覌之總為一箇全体定則而器之義蓋患其難如一也如吕梁丈人從這邊入那頭出雖吕梁之險不能妨害又如良玉在火中三日不熱竹箭有筠松栢有心故雖歷寒暑風烟霜雪而無所損人以礼自束則處富貴而不淫處貧賤患難而不屈如舜禹有天下而

不與文王孔子之羑里陳蔡𦍒所謂困而亨者凡人窮困中多𡍮喪惟君子志正氣浩常伸而不𡍮直遂志所謂窮之通亦如柔邦雖經変故蔴棄然其理其制其用終不能泯没嗚呼礼之為用大矣外諧内無怨只是和物無不懐仁鬼神饗德只是合天理皆所謂和者也少有過不及與偏倚則不行矣啚者時中之謂和者天下公共又為一日不可無之義一字而三百三千之義畢備非深於礼夲者不䏻到也右本有文以下迄于終篇皆一意詳考之可見

舅姑使冡婦毋怠不友無礼於介婦

註疏皆未通詳文意似〻是戒冢婦之驕逸負恃也盖
冢婦名位當尊介婦皆當敬之而代其劳多使任事
而冢婦之驕逸者徃〻恃之以自尊倨舅姑或以劳
事使之則怨懟憮怠又多輕怨介婦以其奔走為當
然不加友爱礼敬以荅其礼故因以三事為戒共一
毋字以禁止之謂舅姑或時役冢婦則冢婦當欣喜
受命為諸婦率先盡心悉力為之勿徒委之介婦其
待遇介婦亦當常如兄之爱弟且加礼敬汲引使與
已同不可負恃怠惰不加友爱礼敬于介婦也盖心
一也既能喜躍於舅姑之命必能加爱敬於介婦不

然不敦交愛無礼之心必與息心合而為一礼記之
言絶其驕逸負恃之心也又為各盡其心之意蓋優
饒者舅姑之當然奔走者介婦之常礼而為冢婦又
當自盡其心上下大小两盡其道者也

是故隆礼由礼謂之有方之士

此章之意甚善更合文公礼之用和為貴章說為一
片然后為盡不然則礼之為休猶出於聖人之作為
雖曰使人有方而非其所樂亦不能安且久也方猶
定處如四方四維八卦十二辰之位事物之定則人
心之定向之謂也輕重止於權衡曲直止於繩墨方

圜止於規矩日月星辰止於天山河海岳止於地禽獸止於山魚鱉止於淵萬事萬物止於礼隆礼由礼則萬事萬物皆有所止耳目有所加手足有所措終身由之不費不勞而凡天下之是非邪正皆一見而辨不然則事〻皆無所定耳目無所加手足無所措終身迷昏之途荆棘之鄉是非邪正莫知所守飲食起居皆失其宜生不成生死不成死生不得為三才死不得為考終命矣雖然天下之物不安不久則不能成功夫礼苟出於聖人之作為豈能使天下定于一而安且久哉古今有寧守礼而死不忍非礼而生

者天命使之然也是故三百三千之制皆天命之固然天理之當然文公所謂嚴而泰和而節此理之自然礼之全体也非理之自然則先王之道豈能以羨而小事大事無不由之乎人之止於礼皆天命不可奪雖或移於私欲而終不能泯滅如水之必東鐵之必南皆其性命然也夫是之謂方非抑而使之強而劫之方字只是論語知方易大象立不易方辨物居方之方即大孝之止也其義最不可不講

故男子生桑弧蓬矢六以射天地四方

人之生也直直者率性盡心無私曲通天地萬物爲

一体而無阻隔壅塞之處也如是而后可以生於此
間而為人不然則有愧於天地有忝於父母有身而
無身雖生而不如死也礼記男子始生以桑弧蓬矢
射天地四方而后敢用穀正此義也天地四方男子
之所有事者人之一身得天地之氣以為形得天地
之理以為性故天地萬物備於我本為一体而無阻
隔壅塞之處人能盡其性以充其形則事ㄷ皆理無
有私曲可以位天地可以育萬物位有大小時有行
藏而位育之本常在於我而無虧欠也如是而后可
以為兩間之人為父母之子而無負於天地父母之

本意古之聖人深見於此故制為男子生之礼始生
三日以桑弧蓬矢射天地四方欲以通此身於天地
萬物而合為一体也矢者直也非率性盡心直道而
行則無以通天地萬物故桑弧蓬矢之義取其直也
射天地四方而后敢用穀此義最為重大深遠何者
穀者生人者也不通於天地萬物則不可以生於天
地之間故必先射天地四方而后敢用穀其意以為
既有此身必盡其道而后可以食五穀而為人也敢
之一字尤為用意以為盡人道則敢生不盡人道則
當死而已矣礼記多古人相傳未泯之誇而此一節

最為可觀註疏皆未明近世大儒亦未嘗及明於此義則人之為人也終日乾乾終身如臨深淵如履薄冰而后可爾豈但乾乾以飲稻而已哉

周禮

惟王建国辨方正位體国經野設官分職以為民極

三者天下之所歸往定于一者也国謂王城也諸侯之国亦在其中天下一国亦在其中辨方即周召卜洛天地之中陰陽風雨之所會百物之所和四方朝貢道里之所均也五帝以来国都無常屢至周文備

故欲宅洛而守豐鎬之舊不遂居於洛者示王者制度不忘反古人之質也正位者王宮負北面南左祖右社前朝后市君臣堂陛后宮外廷百官有司各有定序園丘方澤太斈射宮各有定位秦漢以來宮室無制宗廟無常郊社不脩庠序不立自古王宮無不面南而漢人以陰陽之説立東闕北闕而無南明之門皆非所謂正位者也體国二字尤有深意如人之身體外則元首四肢内則五臟六腑大則耳目股肱微則髪毛爪甲大小有序内外有常骨肉相維血脉相貫周足完具方正端嚴流通貫注強壯植立以王

城而言則正位者国之形體也以天下而言則京師
侯国中国四夷心身臂指秩然不亂是天下一国之
体也反是則為末大倒縣不可以為治矣又以其中
血脉而言則其一事之非理一官之不職一疾痛之
不知則是痿痺不仁亦不足以為体矣此推極之論
然周公三百六十之制皆其心術精微之所在雖一
事一官異体殊形而其不可相無聯絡通貫一處有
病通身皆知者未常不黙在其中也經野謂井田也
夫家之制溝封之度明經地理凼應洛書非但使民
不飢不寒而已是亦所謂体也一事一体井九百畝

八家同井治地養民之定体也反是則為偏重大過不止於褻痺不仁矣官司也職掌也官領其事職考其功不官則事散而無統不職則事廢而有刑皆所以備具国体而欲其無不仁之處也民極二字其義尨精天生烝民各具五事耳目心思必定于一不可有所紛亂搖奪使之貿貿然無所之也故位一王於上設百司於下一以正其綱百以理其紀皆天理之所當然天工之所必為群心之所共嚮文言所謂聖人作而萬物覩觀之卦辭所謂有孚顒若是也若礼樂刑政爭校庠序周官三百六十皆事理之極性命

之徽天下之心思耳目至是而止復之所謂辨上下定民志若后世無制之宮室宗廟無度之衣服器用百家之説二氏之言怪麗之祠宇不常之政事不職之有司皆非民志之所定也徒使之耳目無所加手足無所措而已是故民極二字其義尤精於体国盖定于一之義經世之要道也君之於民猶父母之於子也愚嘗謂幼子常視無誑君之於民也亦當然后世人君之於民皆不知此義其所以為民之標的者率非常視而誑之者常多也無常視而誑之則民心無所止而天下不可治矣

日南則景短多暑日北則景長多寒日東則

景夕多風日西則景朝多陰

此周人營東都求地中之法三五以來隨宜定都至周文備故仰覌俯察以求地中以夏至晝漏午正之日景置表八尺表北土圭尺有五寸以求之其詳按文可考緣景夕景朝義難曉故儒者多不明鄭司農以景夕為日昳景乃中其地為近日景朝為日未朝而景中其地為日遠殊不可通康成之釋首援司農而以已說繼之然亦未為明也夫夕不必暮也日過中而昳斯為夕矣朝不必晨也日未中以前皆朝也

尼ㄱ夕景東而朝景西其常也景夕者置表之地太東則日在西而日出於土圭之東日雖中而景爲夕景也景朝者置表之地太西則日在東而景出於土圭之西日雖中而景爲朝景也日西日東景朝景夕非日之不中地之不中也周天三百六十五度四分度之一地上地下各百八十二度有奇地中也者百八十二度之中東西南北各九十一度之中周之時洛是也然不求之日則無以爲一定不易之處夏至日極東井晝漏午正北至嵩高之上十二度必以表八尺土圭尺有五寸求之者意古者歷代參較制度

已定非周公之創特虞夏以来風氣循質未有營洛之志耳武王一戎衣之後南望三塗北望嶽鄙顧瞻有河粤瞻洛伊周公成文武之志而遂營之日南者置表太南地在日南於日為已南也日北者置表太北地在日北於日為已北也夏至日在嵩高之南十二度南戴日下表南表北皆無景處遠在今之交廣而周礼之云若亭亭乎嵩高之上者表與土圭自古已定於嵩洛故相承以嵩洛之南北為日之南北耳景短謂短於土圭景長謂長於土圭暑者南方之氣太南則地偏多暑寒者北方之氣太北則其地偏多

寒暑皆非中也惟適平於尺有五寸則其地為得暑寒
之中斯王者之所居四方歸往之處也然此特南北
之中非四方之中得南北之中而不得四方之中亦
非所謂中故必求南北之中而復求東西之中然后
當東西南北各九十一度之中而后為中正日東者
置表太東地在日東於日為已東也日西者置表大
西地在日西於日為已西也地東則景出於土圭之
東雖日中而景為午正以后之景故曰夕地西則景
出於土圭之西雖日中而景為午正以前之景故曰
朝風生於震巽地太東則偏多風陰盛於坤兌地太

西則偏多陰不失之多寒多暑而或傷於多風多陰豈足以為陰陽風雨之所會百物之所和哉讀書之士知據尺有五寸之文又當察求中之法其景雖不可過不及於尺有五寸而尤不可出於土圭之東西而后得之大抵談經之士多不知天識歷故凡言歷象測候處多臆度傳會二鄭之說康成為勝疑事而質猶有非焉唐人測景自浚儀岳臺南至上蔡武津才三百二十七里三百九十一步其景已短一寸六分半則康成所謂千里而差一寸者妄也交州去洛水陸九千里宋元嘉中南征林邑五月立表交州景

出表南三寸則南戴日下表南表北皆無景處當在交州立表處之北七八百里以山川回折計之洛去交州五六千里耳南戴日下尚在交州之北則康成所謂南戴日下萬五千里者尤非矣元嘉景至交州已出表南三寸南至林邑九寸一分曆書有闍婆國景在表南二尺四寸由是觀之則中國人常在日北廣州以南之人夏至前后皆在日南古謂日南正當如此然則天地廣狹度數為可求矣古今以鄭說相承因有日月星辰升降上下三萬里中之說由今觀之皆不深考者也

風雨之所會也陰陽之所和也

氣與理合亦聖人之心之所在也聖人之心在於建皇極以領天下而已建國而必求風雨之所會陰陽之所和也者固將合氣與理使居之者識其初意而不忘其裁成左右之功耳非專倚之以為祈天永命之計也天地之為天地以理性而言則無在無不在也人受天地之中以生亦無分於東西南北中國四裔者也聖人之身動與天俱應事酬物無非乾行立心以太極為体為政以北辰為準照物以日月為明動靜以四時為法剛柔以晝夜為象制禮以天尊地

卑為本作樂以雷出地為声易六十四大象三百八
十四小象皆聖人之動而常守無在不在之心無土
而不安無入而不可雖居九夷行蠻貊浮於海無非
惟精惟一允執其中之地也故曰君子居之何陋之
有夫苟其君子也何往而不為民極人望德之流行
速於置郵而傳命豈必河洛而后足以臨下御衆也
武王周公之心蓋有所在焉者也天地必有其中○
赤道春秋二分日在之處天之中也而以北極之高
故赤道須而南而嵩高之上為天地中也之中則取
四方道理之均嵩高之下河洛之地是也惟其中也

則天地之所合四時之所交理勢之自然雖天地有不能違者也風雨陰陽者四時之用也風雨之所會陰陽之所和以四時之所交故從而會從而和其大体則皆以天地之合故也風雨陰陽者四時之用四時者天地之用猶身之用心而心之用五性也五性得則身心皆在其中風雨會陰陽和則天地之合四時之交皆在其中矣武王周公目之所覩心之所注未嘗不在乎此然觀其用心則固非專倚此以為卜年卜世永安長治之本盖將使其子孫立心行事以此為準一政一事一舉一動無不本之秉彝之中蓋

以天地為體動以風雨之會隂陽之和為用不偏一
倚無太過無不及流通四達利物宜民合理氣三才
為一體以不作於所居之地而無愧於祖宗營建之
初意武王周公之心葢所以為教而非欲私其一家
以為永久無疆之地若后世隂陽者流也天地之道
皆所以示聖人之用皆所以教不然徒倚所居得天
地之中而其行事皆率其欲心私意而不知執其中
則有衰亂與亡而已豈天地之中能為之久哉伏羲
之陳神農之曲阜黃帝之涿鹿顓頊之帝丘堯舜之
平陽蒲坂夏之安邑湯之亳皆非風雨之所會陰陽

之所和也而未嘗不為民極人望德化流行子孫長
世之地東漢魏晉豈非風雨之所會陰陽之所和哉
而其德化與其傳世皆可考也平王遷洛而周益衰
天地之中無如之何孔子之欲為東周指齊魯衛而
言也張良婁敬所謂有德則易以興無德則易以亡
者亦指洛而言也皇極君道豈係於所居哉周公營
洛而豐鎬之周竟不遷非幽王之失道西周固自若
也故曰武王周公之營洛所以為教者也建都擇地
非尚德之言也張良勸高帝都秦亦逆知其不能為
政以德而以智力持世爾以智力持世則擇地之説

不可止然德不可廢也為人君者[illegible][illegible][illegible]乎其尚力

乎

先生四書五經講義多於數授莆田及建寧之雲莊書院德興之初庵書院及廣信玉山時所作無慮數千篇今皆散亡予所得殘稿參錯淆亂迄不堪讀考訂再四彙次繕謄僅得其稍完者為六卷如右其斷缺不可録者尚多付之嘅嘆已耳嗚呼先生之於經書心會神融理精義粹縱筆推明真足以發聖賢所未發一言之約而該萬理之全一章之指

而括全書之趣，寧着即是求之廢乎章句玩
心之陋，脫而優游涵泳之餘，將有得於融會
貫通之妙矣。舉一反三之寧，又何必先生之
講義盡存也哉。閔求振謹誌。

鶴峯先生續集卷之六